À perte de vue

Amanda Eyre Ward

À perte de vue

Traduit de l'américain
par Anne-Marie Carrière

ÉDITIONS FRANCE LOISIRS

Titre original : *How to be lost*
MacAdam/Cage

Édition du Club France Loisirs,
avec l'autorisation des Éditions Buchet/Chastel

Éditions France Loisirs,
123, boulevard de Grenelle, Paris
www.franceloisirs.com

© Amanda Eyre Ward, 2004 et éditions Buchet/Chastel, 2006 pour la traduction française.
ISBN : 978-2-298-00025-2

*Pour Mary-Anne Westley
ma mère,
l'étoile qui me guide.*

PREMIÈRE PARTIE

1

La veille, j'avais réfléchi à ce que j'allais lui dire :
je commencerais par lui rappeler mon âge, ma
maturité, je ferais allusion à un nouvel amant et
je finirais par un bouquet de promesses : petits-
enfants, lettres, cadeaux de chez Tiffany envoyés
avant la bousculade des fêtes de Noël. J'étais
dans mon appartement, je buvais du scotch en pré-
parant mes phrases. « Maman, ai-je annoncé à
Georgette, ma chatte. Maman, j'ai quelque chose
d'important à te dire. »

Sur le balcon, Georgette s'est étirée nonchalamment. Dans la rue, une ambulance est passée, toute
sirène hurlante. Debout sur le trottoir, en bas de
mon immeuble, un homme avec un Caddie sifflo-
tait en mangeant des ailes de poulet grillées. La
chaleur avait diminué, mais les odeurs de La
Nouvelle-Orléans semblaient s'accentuer : viande
avariée, sueur, bière.

« Maman, ai-je dit à la chatte, s'il te plaît, écoute-
moi. »

Georgette continuait de m'ignorer mais l'homme
au Caddie a levé les yeux vers moi et j'ai pris ça
pour un bon augure.

Je travaillais ce soir-là : après le scotch et un petit
somme, je me suis approchée de mon miroir et j'ai

mis du mascara. J'allais la jouer Espagnole torride, j'ai donc entortillé mes cheveux entre mes doigts et les ai fixés en chignon avec des épingles. Pouvait-on appeler ça un *chignon*[1]? Et d'ailleurs, comment prononce-t-on le mot *chignon*? En tout cas, des cheveux tirés en arrière, ça ferait plaisir au service d'hygiène. Je me suis lavé les mains avec le savon à la rose que m'avait envoyé ma sœur et j'ai enfilé des escarpins à hauts talons. Touche finale : une mouche dessinée au coin gauche de ma bouche.

On nous avait dit, au Highball – je cite – de nous faire une image glamour. Jimbo, le directeur du club, un type plus tout jeune, avait commencé à contacter des acheteurs susceptibles d'acquérir « ce petit bout d'histoire de La Nouvelle-Orléans ». Le Highball était un bar à cocktails situé au dernier étage d'une tour, dans une salle tournant sur elle-même. Si vous restiez là une heure, à siroter des cocktails à thème hors de prix, vous pouviez voir toute la ville : les eaux paresseuses du Mississippi, le centre-ville décrépit, le Vieux Carré et, à nouveau, le Mississippi, Old Man River.

Dans sa note de service, Jimbo nous avait suppliées de nous mettre en beauté. Il devait se dire qu'en dépit du décor vieillot, de nos mines agacées et de notre âge (j'ai trente-deux ans, dans une ville où beaucoup d'hôtesses d'accueil sont des mineures en fugue), il parviendrait, si nous nous tartinions bien la figure, à convaincre un riche Yankee que le Highball était vraiment un club

1. *En français dans le texte.*

classe et non un piège à touristes qui tournait sur lui-même. Pourquoi ne pas essayer, après tout ? Mon air habituel, irritable et épuisé, ne m'avait guère apporté de succès auprès des hommes. Avec ma copine Winnie on est allées dans un magasin de chaussures bon marché, où on s'est trouvé des escarpins à hauts talons. On s'est aussi acheté des bas résille et du parfum. Et puis nous étions parties au Bobby's Bar et nous nous étions payé des canettes de bière jusqu'à ce que nous n'ayons plus de pièces de vingt-cinq cents à mettre dans le juke-box.

J'ai roulé lentement jusqu'au Highball. Avec les vitres fermées et la climatisation, la nuit était agréable. Les gens assis sur les marches de leur perron buvaient de la bière en cachant leurs canettes dans des sacs en papier et regardaient leurs gosses jouer au foot. J'étais l'une des rares personnes blanches à habiter ce quartier, mais je faisais partie de la multitude des gros buveurs. J'ai adressé un petit signe de la main à Lady B, ma propriétaire, qui, installée sur sa balancelle, tressait les cheveux de sa fille Lela. Lady B m'a fait un clin d'œil.

Je n'étais pas obligée de prendre cette route, mais j'ai longé Canal Street, en passant devant chez Harrah's. Trois balèzes avec des colliers autour du cou étaient avachis sur le trottoir, devant le casino. Les yeux dans le vague, ils oubliaient de boire leurs daïquiris géants. Ils se contentaient de regarder la rue d'un air défait. Le genre de gars qui finissaient par se décider à prendre l'ascenseur jusqu'au Highball. Il arrivait souvent à mes clients de s'endormir dans les fauteuils de velours.

L'atmosphère était calme, là-haut, au Highball. Winnie était appuyée au bar ; sa robe moulante ne laissait aucune place à l'imagination. Derrière le comptoir, Peggy, la reine du yoga, préparait un Martini, comme Tom Cruise dans *Cocktails*, en tortillant des hanches. Quelques clients regardaient par la baie vitrée. Un couple se pelotait frénétiquement. L'avantage d'un bar rotatif, c'est que les clients pénibles disparaissent rapidement de votre champ de vision.

Winnie a pointé sur moi un ongle laqué de rouge.

« Non, mais tu t'es vue ! s'est-elle écriée avec un grand rire rauque.

— Et alors ? C'est un chignon. »

Winnie et Peggy ont échangé un coup d'œil. Parfois je les étonnais.

La nuit était longue et tout le monde voulait du bourbon. Quand mon service a été fini, moi aussi j'ai eu envie d'un bourbon, à la place de mon scotch habituel. Peggy m'en a servi un bien tassé.

« J'ai peur pour demain, lui ai-je expliqué.

— Pourquoi ?

— Je dois annoncer à ma mère que je n'irai pas la voir à Noël. Elle va flipper. »

Peggy s'est assise sur son tabouret et s'est servi un verre. Elle s'était complètement épilé les sourcils et les avait redessinés au crayon.

« Pourquoi t'y vas pas ?

— Oh, c'est une longue histoire. D'abord, je suis

14

adulte, non ? Je ne vais pas rentrer à New York à toutes les vacances, comme si j'étais encore à la fac.

— Moi, je suis jamais allée à la fac, a fait Peggy d'un ton rêveur.

— Et ma famille est un peu déglinguée, voilà l'histoire. »

Peggy a bu une gorgée de whisky et regardé par l'immense baie vitrée la ville qui scintillait en dessous de nous. « Je me demande ce que je serais devenue si j'étais allée à la fac.

— Moi, j'y suis allée et pourtant je suis ici. »

Peggy a hoché la tête.

« Oui, mais toi, c'est toi. »

En rentrant chez moi, je me suis imaginée passant Noël toute seule : j'achèterais un petit sapin que je décorerais de guirlandes lumineuses. Je passerais la journée au cinéma, ou au Napoleon's, à me gaver de sandwichs italiens au salami et aux olives. Je descendrais tranquillement une bouteille de vin rouge maison. Winnie m'avait déjà invitée à venir manger la dinde ; je regarderais les enfants ouvrir leurs cadeaux. Ou alors je pourrais travailler le jour de Noël et me faire un paquet de fric. Jimbo payait double les jours fériés.

Je n'aurais pas besoin d'écouter ma sœur et son banquier de mari, Ron. Sans parler de la soirée du réveillon. Ma mère tenait à conserver les traditions : elle nous obligeait à porter des robes en taffetas et louait les services d'un barman du Liquor Barn. Elle préparait toujours le même repas, des boulettes de viande, un peu trop fades, et sa fameuse boule au fromage. Sa boule au fromage! Elle en était restée à l'époque où une énorme boule de fromage orange et rose parsemée de noix et de persil était à la mode. Ma mère, mannequin dans les années soixante, qui aimait la fondue et riait si fort que ça me donnait envie de pleurer.

L'année dernière, j'avais joué le jeu et soigneusement éludé les questions relatives à ma carrière professionnelle (« Dis-leur que tu joues encore du piano », m'avait suppliée ma mère.) J'avais bu trop de vin, en écoutant mon beau-frère me donner des conseils en matière d'investissement, et je ne m'étais pas disputée avec Madeline.

J'étais allée me coucher avant de faire une scène, mais je m'étais réveillée au milieu de la nuit. Les invités partis, l'immeuble était silencieux. À côté de moi, ma sœur respirait lentement. Des mèches de cheveux collaient à ses joues rougies ; son visage sentait la crème de nuit. J'avais regardé la courbe de son nez, ses lèvres minces, ses cils pâles, sans mascara, ses petites taches de rousseur.

Par bien des aspects, elle m'était devenue étrangère, cette femme des quartiers chics de New York, mariée, nerveuse, vulnérable. Et pourtant, dans la lueur du réverbère qui éclairait la chambre, c'était la même petite fille qui m'avait dit une fois *Notre famille, c'est nous deux*, ses yeux cherchant dans les miens une promesse. J'avais touché sa joue du bout des doigts ; elle avait tressailli dans son sommeil, froncé les sourcils, mais ne s'était pas réveillée.

Notre chambre était au deuxième niveau de l'appartement. J'avais descendu l'escalier, en passant devant la chambre de ma mère et devant la salle de télé dans laquelle Ron dormait sur le canapé déplié. La première année de leur mariage, pour les fêtes de Noël, Madeline avait dormi avec lui sur ce canapé inconfortable, mais maintenant elle montait se coucher à mes côtés. J'avais espéré trouver des restes de boulettes de viande, ou pouvoir me confectionner un sandwich au pain de seigle et au jambon. Je m'étais dirigée vers la cuisine, en marchant sur la pointe des pieds pour éviter de réveiller Ron, et là, j'avais entendu quelque chose.

Je m'étais tournée vers le bruit et j'avais fermé les yeux. Un son assourdi, comme une respiration. Pendant un moment, j'avais eu peur, pensant qu'il y avait un rôdeur, un voleur, un assassin, un violeur dans l'appartement, puis je m'étais souvenue que je me trouvais dans une petite ville de l'État de New York et non à La Nouvelle-Orléans, et que l'immeuble où habitait ma mère était gardé. Je n'avais sur moi que mes chaussettes en laine et ma chemise de nuit.

Mes yeux s'étaient accoutumés à la lumière. Dans la cuisine, près de la porte vitrée coulissante qui donnait sur le deuxième niveau, j'avais aperçu une silhouette : ma mère.

« Maman ? »

Elle avait levé la tête et j'avais vu qu'elle pleurait.

« Maman ? Que se passe-t-il ?

— Rien. »

Elle avait cligné des paupières et s'était essuyé les yeux avec la manche de sa robe de chambre. Le temps que je m'approche – quelques secondes –

17

elle était redevenue maîtresse d'elle-même. « Je pensais à Noël », m'avait-elle dit, avec une gaieté forcée. Elle tenait la photo serrée entre ses doigts. Un cliché flou, pris par un matin d'automne, il y avait une éternité de cela, un jour où nous avions couvert Ellie de feuilles.

« Oh, maman...

— Non, ne dis rien.

— Mais je ne...

— Caroline, m'avait-elle coupée d'une voix grave, parlons de Noël, seulement de Noël.

— Maman, c'est normal qu'elle nous manque.

— J'espère que l'on m'offrira un pull en cachemire.

— Maman, il faut en parler. Elle n'est plus là. Ce n'est pas ta faute.

— Et aussi de mignonnes petites mitaines en fourrure. »

Sur les genoux de ma mère, piégée dans une image en noir et blanc, ma sœur perdue nous regardait en riant.

2

Le lendemain matin, le temps était humide et lourd. Décembre à La Nouvelle-Orléans : l'épaisse brume de l'été s'était enfin dissipée. Georgette a roulé sur le dos lorsque je me suis redressée dans mon lit. Elle m'a regardée fixement. J'avais le cerveau vide et mal à la tête rien qu'en ouvrant les yeux. Je me suis de nouveau glissée sous mes draps bleus à fleurs, en regrettant de ne pas sentir la peau d'un homme à mes côtés. Dans l'appartement, la fraîcheur de la nuit avait pratiquement disparu. La chaleur s'infiltrait par les fenêtres, avant même le lever du soleil.

Je devais appeler ma mère à propos du réveillon, puis me remettre en beauté pour servir des cocktails hors de prix aux membres de l'Association américaine de pneumo-chirurgie. Chaque semaine, une nouvelle cargaison de congressistes débarquait dans ma ville et échouait immanquablement au Highball. Au fil des ans, nous avions fini par tout anticiper : la semaine des vendeurs Amway s'écoulait lentement, les représentants d'appareils électroménagers adoraient le champagne. Plus étonnant : les pneumologues fumaient autant que les autres.

En me frottant les yeux, je me suis promis

d'arrêter de boire toute seule le soir. Dehors, il y a eu un horrible bruit de tôles. J'habite à un carrefour où se produit environ un accident par mois. Que cela soit dû aux mœurs alcoolisées du voisinage ou à un défaut de signalisation, peu importe, c'est déprimant.

Je me suis fait un café, en versant la fin du paquet dans un filtre. La cuisine étant située au fond de l'appartement, je n'ai rien su des suites de la collision. Le réveil posé sur le réfrigérateur indiquait 6 h 34. Ma mère n'allait pas tarder à se réveiller ; elle se ferait griller des toasts qu'elle tartinerait de beurre. Elle met du lait et du sucre dans son café. Moi, je prends du café noir, dans une grande tasse bleue sur laquelle est écrit « C'est moi le chef », bien que je n'aie jamais été le chef de personne.

J'ai trente-deux ans et pas eu la moindre aventure depuis un an. Je commence à me dire que je vivrai toujours toute seule. Quant aux gosses, pas la peine d'y penser : je ne suis pas patiente et je bois trop. Je passe des journées au lit à lire des romans nuls, n'en sortant que pour aller me chercher un paquet de chips, après avoir enfilé un survêtement. Je me demande quel genre de mère je ferais. Je travaille la nuit, et j'ai un penchant pour les types bizarres. Je mange, par goût, des hot dogs que j'achète à la station-service du coin de la rue. Un dollar les trois, et je les dévore tous les trois. J'étais supposée devenir une concertiste célèbre et je me retrouve serveuse dans un bar à cocktails.

Ma mère vit dans l'État de New York, à Holt, la ville où j'ai grandi. Une petite ville, à vingt minutes de New York, sur le détroit de Long Island. En se plaçant au bon endroit, on aperçoit l'Océan depuis les fenêtres de son appartement.

Pendant que le café passait (j'adore le bruit du café qui coule dans la cafetière), je suis descendue chercher le journal déposé devant la porte, sur les marches. Le *Times-Picayune*, la feuille de chou locale, est fascinant à lire, tant il est farci de catastrophes. La rubrique nécrologique m'intéresse tout particulièrement. La Nouvelle-Orléans compte un nombre impressionnant de décès : ados junkies, quadragénaires tués par balles et vieilles dames qui fument des Pall Mall jusqu'au jour de leur mort.

Et il y a aussi la chronique mondaine : les toutes nouvelles reines du carnaval de Mardi gras, les débutantes de la saison, les galas de soutien. En général, je lis le journal sur mon balcon, avec le soleil dans les cheveux. Mais ce matin-là j'ai lu dans la cuisine. Je ne voulais pas voir l'accident. Une fois j'ai vu les pompiers tenter de désincarcérer quelqu'un, ça m'a suffi.

Mon café était fort et brûlant. J'ai mis en marche le ventilateur du plafond, donné à manger à Georgette et je me suis installée avec mon journal.

Le son d'une sirène d'ambulance s'est rapproché puis s'est tu. À la une du journal, l'équipe des Saints réclamait un nouveau stade. « C'est débile », ai-je dit à Georgette. La chronique nécrologique était en dernière page. Je me suis resservi une tasse de café et j'ai regardé la photo en double page des débutantes de l'année en train de se trémousser au bord d'une piscine, chacune portant une serviette de bain avec son monogramme brodé.

21

Le téléphone a sonné. « Chérie ? Caroline ? » C'était ma mère, levée de bonne heure.

« Bonjour, maman.

— Caroline ! » Ma mère semblait au bord des larmes, ce qui était rare le matin. En général, elle commençait à larmoyer en fin d'après-midi, après avoir bu trop de vin blanc pétillant. Quand mon père est mort, d'une cirrhose du foie, elle a réduit sa consommation d'alcool, mais elle est souvent un peu pompette le soir.

« Que se passe-t-il, maman ?

— C'est ta sœur. Madeline... Et cet avocat, l'avocat des Simpson. Ils veulent... »

Sa voix s'est brisée.

« Maman ?

— Caroline... Le procès de cet homme horrible a lieu en mars. Tu sais, celui qui...

— Qui a tué Helen Simpson.

— Oui. Eh bien, ils... ils pensent qu'il... »

Sa voix n'était plus qu'un murmure. « Qu'il a tué Ellie.

— Je sais, maman. Mais quel rapport avec Madeline ?

— Elle veut clore le dossier. »

Je me suis frotté les yeux. « Attends, là, je ne te suis plus. Je t'en prie, calme-toi. Je ne peux pas t'aider si tu ne...

— Ils veulent que je dise qu'elle est morte !

— Ils veulent te faire dire qu'Ellie est morte ?

— Oui », a fait ma mère d'une voix étranglée. Je l'ai entendue se moucher.

« Maman, tu as bu ? »

Il y a eu un silence.

« Un bloody mary. Un tout petit. »

J'ai soupiré. « Peux-tu essayer de te calmer et m'expliquer ce qui se passe ?

— Ne me crie pas après ! a-t-elle sangloté, avant de se moucher à nouveau. De toute façon, on en parlera la semaine prochaine, à Noël.

— D'accord. Ah, non, non, maman, attends ! Justement, je voulais te parler de ça. » Je n'ai plus entendu de bruit à l'autre bout de la ligne, là-bas, à Holt. « Maman ?

— Oui ? a-t-elle fait d'une voix tendue.

— Eh bien, voilà, euh… » J'ai eu la vision éclair d'une balade tranquille dans le Vieux Carré, et de mon petit arbre de Noël. Georgette a cessé de se lécher la patte et m'a regardée. J'ai bu une gorgée de café et j'ai fini par dire : « Je ne peux pas venir à la maison cette année, maman. »

Au bout du fil, rien.

« Maman, je t'entends respirer.

— Oui, tu viens à Noël.

— Tu sais, je dois travailler. Le prix du billet d'avion… Je ne serai pas payée avant deux semaines. Et puis je crois qu'il y a un moment où…

— Tu as un petit ami ? m'a demandé ma mère, une note d'espoir papillonnant dans la voix.

— En fait, Jimbo paye double les jours fériés…

— Caroline, y a-t-il un homme dans ta vie ?

— Maman, là n'est pas le problème…

— Une femme, peut-être ? Je comprendrais, tu sais.

— Maman ! Il n'y a personne, tu m'entends ? C'est plutôt que…

23

— Bon, m'a-t-elle coupée sèchement. Eh bien, dans ce cas, je te vois mercredi.

— Maman... tu ne m'écoutes pas.

— On fêtera Noël jeudi. J'ai une magnifique robe rouge pour toi. Et tu sais, le fils Royan est toujours célibataire. » Elle paraissait avoir retrouvé une espèce de gaieté. Je n'ai pas eu le courage de lui dire que le fils des Royan était homo.

« Mais, maman, je ne peux pas... » Elle a attendu la fin de ma phrase. « Je n'ai pas les moyens d'acheter mon billet.

— Caroline, tu sais que c'est moi qui vais le payer. Et j'ai besoin de toi. » Elle a reniflé et j'ai levé les yeux au ciel.

« Je suis désolée, ai-je ajouté, mais j'ai senti ma résolution vaciller. Oh, et puis merde. »

Elle a poussé un cri perçant.

« Je vous ferai une boule au fromage ! »

3

La soirée du réveillon tirait à sa fin, bien qu'Elvis continuât à bramer ses classiques de Noël. Le serveur du Liquor Barn rempaquetait les bouteilles non ouvertes. Quelqu'un était parti avec le gui et il ne restait que quelques invités. Maman, vêtue d'un pantalon à rayures rouges et noires, tenait une boulette de viande sur une pique et hochait la tête d'un air sérieux, écoutant un homme à nœud papillon lui parler de la restauration de son bateau. Très concentrée, Madeline recouvrait de film plastique les bols et les assiettes contenant les restes. Ron semblait amusé par le récit d'une femme lui contant sa mésaventure chez le toiletteur pour chiens. « J'avais demandé un nœud rouge, et ma petite Keenie se retrouve avec des nattes ! C'est d'un vulgaire ! »

Ron, toujours aimable, souriait, compatissant.

J'avais fini par échapper à l'interminable monologue du Dr Randall, notre ancien pédiatre, à propos des changements intervenus à l'université de Princeton depuis que l'on avait autorisé les femmes à y entrer. J'ai eu beau lui répéter que, n'ayant jamais mis les pieds à Princeton, je n'avais aucune opinion sur le sujet, le Dr Randall paraissait capable de nourrir seul la conversation. Selon lui, tout le système universitaire américain partait à vau-l'eau – soit dit sans vous offenser, Caroline – depuis que les femmes se mêlaient de faire des études.

Le barman m'a sauvé la mise. Il a marché droit vers moi, interrompant le Dr Randall qui discourait à présent sur les joueuses de hockey et m'a dit : « Excusez-moi, pouvez-vous signer la note ? » Il était séduisant, dans le genre basané : cheveux noirs, yeux d'un bleu profond, grand nez. « Navré de vous déranger, a-t-il ajouté, sans paraître désolé du tout.

— Bien sûr, pas de problème. » J'ai lissé le taffetas rouge de ma robe et frotté mes lèvres l'une contre l'autre. Malheureusement, elles étaient sèches, comme si tout le rouge Baie de Genièvre de chez Max Factor était resté collé à mon verre de vin. J'ai suivi le barman jusqu'à son bar improvisé, une table dépliée que ma mère avait recouverte d'une nappe de lin. Il a sorti un carnet à souches d'un carton et a tourné une page. « Au fait, je m'appelle Caroline. » Il a levé les yeux. Dieu qu'il avait de longs cils. « Moi, c'est Anthony. Je viens aux soirées de Noël de votre mère depuis des années.

— Vraiment ?

— Vraiment. » Il m'a montré le carnet. « Signez ici.

— Je n'avais pas réalisé que c'était vous.

— En général, les gens ne font pas attention à moi. »

Il m'a tendu le carnet d'un geste impatient.

« Attendez, j'ai une question à vous poser. Il y a

un truc qui m'intrigue : comment pouvez-vous connaître la quantité de boissons à apporter ?

— Vous voulez dire, combien de bouteilles d'alcool ?

— Oui, et de vin aussi. »

Il a souri. « Mon père faisait déjà ce travail. À force, on sait qui va chez qui. » Il a désigné du menton l'homme au nœud papillon. « Lui, par exemple, boit de la vodka, et sa femme est portée sur le gin. Donc, pour elle, une demi-bouteille. Les Watson boivent du vin, M. Kenton, du scotch, Mme Kenton, du gin tonic. Donc, on a déjà une idée de la soirée.

— Et ma mère ?

— Pinot gris et soda », a dit Anthony en souriant.

Je lui ai rendu son sourire.

« Et moi ?

— Vous, vous ne vivez plus ici. D'habitude, votre sœur prend du pinot gris, comme votre mère. Mais pas ce soir.

— Comment ça se fait ?

— Ah ça... Allez le lui demander.

— Oui, je vais le faire. Et mon beau-frère, Ron ? ai-je demandé après une pause.

— Du scotch. Famous Grouse, a répondu Anthony. Comme votre papa, a-t-il ajouté à voix basse.

— Pardon ?

— Oh, rien. C'était du temps de mon père. »

J'ai marqué une pause. « J'aime le gin et le scotch. Et la bière.

— Moi aussi, j'aime la bière.

— Bon, je vous signe ça. » J'ai pris le carnet et

27

j'ai apposé ma signature sous la somme astrono-mique.

« Merci.

— J'habite La Nouvelle-Orléans maintenant et je suis serveuse, moi aussi. Dans un bar à cocktails.

— Je ne suis pas barman, a précisé Anthony. Je suis propriétaire du magasin. Votre mère fait tou-jours appel à moi. Par respect des traditions, je sup-pose. » Nous l'avons regardée : elle était très belle, avec son sourire éclairé par la lueur des petites guirlandes décorant le sapin. Elle a bu une gorgée et s'est mise à rire.

« Pourquoi avez-vous déménagé là-bas, dans le Sud ? m'a demandé Anthony.

— Parce que je déteste ce coin.

— La Nouvelle-Orléans, ça ressemble à quoi ?

— Je ne sais pas », ai-je répondu, troublée. Je ne m'attendais pas à ce que ma vie l'intéresse. « Il y fait très chaud. » Anthony a attendu. « C'est sauvage, ai-je ajouté, c'est comme si j'habitais un autre pays. Les lois ne sont pas tout à fait appliquées.

— Comment cela ?

— La semaine dernière, chez Midas, j'ai ren-contré un type qui marchait avec des béquilles. Je lui ai demandé ce qui lui était arrivé : il m'a expli-qué que dans une rue à sens unique, il avait été percuté par une voiture remontant la chaussée à contresens. »

Anthony a paru perplexe.

« Voilà le genre de chose qui arrive à La Nou-velle-Orléans. Et les gens jettent leurs cochonneries

28

partout. J'en ai marre de mon sandwich ? Je le balance sur le trottoir.

— Ce sont les chiens qui doivent être contents, a remarqué Anthony.

— Sans doute. »

Il a soulevé un carton.

« Bon, eh bien, passez un bon Noël, Caroline.

— Merci. » Je l'ai raccompagné jusqu'à la porte, en passant devant les derniers invités, la boule au fromage intacte et les restes du jambon. Nous avons franchi la porte où ma mère avait accroché le gui, mais comme je l'ai déjà dit, il n'était plus là.

4

Madeline s'était levée tôt et buvait déjà son thé lorsque je suis descendue dans la cuisine en traînant les pieds, en pantalon de pyjama et tee-shirt; elle avait mis des petits pains à la cannelle à réchauffer dans le four. La cafetière était pleine et je me suis servi une tasse.

«Bonjour, belle endormie.»

J'ai souri. «C'est le *Times*?

— Oui.» Elle a poussé le journal devant moi.

«Il y a longtemps que tu es levée?

— Je n'arrivais pas à dormir.»

J'ai bu une gorgée de café. «Vraiment? Tu sais ce qui aide à dormir? Un bon scotch, juste avant de se coucher.»

Elle a ri. «Je m'en souviendrai.»

C'était étrange d'être assise là, à la table de la cuisine, avec ma sœur. Il y avait un tel gouffre entre nous. Nos deux vies, jusqu'à un certain point, s'étaient confondues. Mais après la disparition d'Ellie, ma relation avec Madeline s'était lentement désagrégée. Nous avons cessé de jouer dans la ville imaginaire que nous avions créée dans le jardin derrière la maison, cessé d'utiliser les surnoms que nous nous donnions dans cette ville-là. Soit parce que nous nous en voulions mutuellement, soit parce que nous avions trop de souvenirs communs, enfin quelque chose clochait.

À seize ans, j'ai été envoyée en pension dans le Connecticut ; Madeline, elle, est restée à la maison. Elle m'a écrit, assez longtemps, mais comme je ne répondais pas à ses lettres, elle a cessé de m'écrire régulièrement ; chaque année, elle pensait tout de même à m'envoyer une carte pour mon anniversaire. De mon côté, j'essayais de me souvenir du sien, mais le plus souvent, je l'oubliais. Je la connaissais – nous n'avions pas besoin d'échanger une parole pour nous comprendre – mais j'ignorais ce qu'était devenue la nouvelle Madeline, mariée, vivant à New York, une ville qui pour moi n'évoquait que du gris métallique et du froid. Je n'ai jamais vu son appartement.

« Caroline, il faut que je te parle de quelque chose.

— Oui ?

— De plusieurs choses, en fait.

— À t'entendre, ce sont de mauvaises nouvelles.

— Eh bien, il s'agit d'…

— D'Ellie, oui, je sais. » Elle était toujours entre nous, Ellie, qui n'était plus là.

« Il vient aujourd'hui.

— Qui ça ? »

Madeline a regardé son alliance et l'a fait tourner autour de son doigt.

« Ken. L'avocat des Simpson.

— Tiens, tu l'appelles par son prénom ? »

Elle a relevé la tête et j'ai vu un éclair de colère passer dans ses yeux. « Tu es injuste.

— Et oublier Ellie, c'est juste ? »

Madeline a soupiré. « Je ne l'oublie pas... J'essaie seulement de trouver une solution. Il faut clore l'affaire.

— Oui, c'est ce que j'ai entendu dire. » Je me suis levée et j'ai pris ma tasse.

« Désolée. Je sais que c'est dur pour toi.

— C'est dur pour tout le monde.

— Il sera là à une heure », a conclu Madeline.

Ma mère dormait encore. Debout sur le seuil de sa chambre, je la regardais : elle semblait si fragile dans son grand lit blanc. Quand j'étais petite, elle allait se coucher la première le soir, laissant mon père boire devant la télé.

Je venais lui souhaiter bonne nuit ; elle laissait glisser ses lunettes sur le bout de son nez, levait les yeux du roman policier anglais qu'elle lisait et m'ouvrait les bras.

En la voyant si proche, je me suis soudain rendu compte à quel point elle m'avait manqué. Elle a ouvert les yeux. « Bonjour, ma puce. » J'ai souri, serrant ma tasse de café entre mes doigts. « Quelle soirée ! » s'est-elle exclamée. Puis elle a ouvert grands les bras en disant « Viens par là », et j'ai obéi.

L'avocat n'avait pas du tout l'air d'un avocat. Je m'étais attendue à voir un type aux tempes argentées, distingué, en costume et cravate. Mais quand je suis descendue dans le salon, j'ai trouvé ma sœur assise sur le canapé à côté d'un gars tout débraillé, en veste de cuir. En veste de cuir ! « Caroline », a dit ma sœur en se levant. Ron, assis sur une bergère, n'avait pas l'air dans son assiette. J'ai marché vers ce trio tristounet, la main tendue.

L'avocat s'est levé. « Ken Dowland. » J'ai fermé un œil, en me demandant si je ne l'avais pas déjà vu un soir, à la télé.

« Caroline Winters. Bonjour. » Nous avons échangé une poignée de main. Il avait les doigts glacés, mais bon, on était en décembre.

« Où est maman ? a demandé Madeline.

— Elle ne va pas tarder. Tu entends le sèche-cheveux ? »

Madeline a souri.

Nous avons échangé des banalités – *oui, le brouillard s'est levé, ils n'ont pas trop salé les routes, ce serait bien d'avoir de la neige pour les fêtes, non ?* – jusqu'à ce que ma mère descende l'escalier, arborant un sweater rouge avec un renne imprimé sur le devant. Elle portait des chaussettes assorties, des mocassins et un pantalon de velours côtelé. « Bonjour, bonjour ! a-t-elle lancé gaiement, comme si l'avocat qui souhaitait voir ma petite sœur déclarée officiellement morte était un invité de marque.

— Bonjour, a fait Ken Dowland en se levant.

— Non, ne vous dérangez pas, a dit ma mère, mais, comme moi, elle lui a serré la main.

— Bien, je suppose que Madeline vous a expliqué le motif de ma visite, madame Winters ? »

Pas de réponse. « Bon, je vais résumer les faits. » Ken a frotté ses paumes l'une contre l'autre. « Je commencerai par le commencement.

— Quelqu'un voudra du cidre chaud ? a proposé ma mère.

— Moi, ai-je répondu.

— Volontiers », a dit Ron, aimable. Madeline lui a lancé un regard noir. « Quoi ? a-t-il marmonné.

— J'en ai pour une minute, a dit ma mère en se dirigeant vers la cuisine. Je mets un bâton de cannelle dans chaque verre ! »

Ken Dowland a croisé les jambes. Il tenait sa chope de cidre d'un doigt. « Je commencerai par le commencement », a-t-il répété. Ma mère le regardait, sourcils levés, comme si elle était fascinée, mais je voyais bien, à ses yeux éteints, qu'elle ne l'écoutait pas. Madeline s'était renfermée sur elle-même. Ron étudiait ses ongles qui, ai-je noté avec agacement, étaient manucurés.

« En 1989, comme vous devez le savoir, Helen Simpson a disparu en rentrant de l'école, à Yonkers. Elle avait onze ans. » Ken a fouillé son sac à dos en nylon – un avocat avec un sac à dos, vous avez déjà vu ça ? – et en a sorti une enveloppe kraft cornée. Il en a tiré trois clichés qu'il a étalés sur la table, sans mot dire. Sur le premier, Helen était assise sur les genoux d'une femme à la permanente ratée. Helen était mignonne : les cheveux ébouriffés, comme plein de petites filles. Elle portait des lunettes et un K-way vert. La seconde photographie la montrait en robe légère, soufflant des bougies d'anniversaire. Sur la troisième, elle était déguisée pour Halloween, en banane. Elle avait l'air embarrassée dans son costume.

Ken Dowland s'éclaircit la gorge. « Tous les jours, Helen allait et revenait de l'école à pied. Le 25 septembre, elle n'est pas rentrée. Sa mère – il désigna la femme aux cheveux permanentés – a prévenu la police à 17 h 06. »

Ma mère s'est mise à pleurer en silence. Les larmes coulaient sur ses joues. Mais Ken a continué. « Des recherches ont été effectuées dans tout l'État. Le K-way vert a été retrouvé dans une chambre de motel, sur la I-95. Puis, pendant dix ans, plus aucune trace d'Helen. »

J'étais quasiment sûre d'avoir vu Ken Dowland un soir à la télé. C'était bien son genre.

« En 1999, un certain Leonard Christopher a été arrêté dans l'État de New York, pour le viol et le meurtre d'Allie Stephens. » Ken a alors sorti la photo d'une autre petite fille au sourire craquant. Ma mère pleurait sans retenue à présent, et je commençais à me lasser des effets théâtraux de Ken. Je n'aimais pas réduire mon souvenir d'Ellie à une photo floue.

« Christopher a mené la police jusqu'à un champ, près de Syracuse, et leur a indiqué l'endroit où il avait enterré Allie. » Il a tapoté la photo. « Le corps d'Allie a été exhumé, et d'autres restes ont été trouvés sur le site, des dents qui, on en a la preuve, étaient celles d'Helen Simpson. » Madeline a mis la main devant sa bouche.

« Bon, Ken, venons-en au fait », a soudain déclaré Ron, à la surprise générale.

Ken a hoché la tête, sobrement. Il a rassemblé ses photos et s'est penché vers ma mère. « Leonard Christopher a confié à un codétenu qu'il avait tué d'autres petites filles. Yonkers n'étant qu'à trente kilomètres d'ici, nous avons décidé de vous contacter quand Christopher a décrit une fillette ressemblant à... » Il a hésité une seconde « ... à votre Ellie. Le procès de Christopher commence en mars. L'homme qui partageait sa cellule accepte de venir témoigner. Pour pouvoir inculper Christopher du meurtre de votre fille, il faut que celle-ci soit officiellement déclarée décédée et pas seulement portée disparue. »

Ron a secoué la tête. « Mon Dieu.

— Et si elle n'est pas morte ? » a dit ma mère. Un grand silence s'est fait dans la pièce. Toute la gaieté de Noël avait subitement disparu. Ken a jeté un coup d'œil à la dérobée vers Madeline, qui s'est levée.

« Merci, Ken. Nous restons en contact. »

L'avocat s'est levé à son tour et lui a serré la main. « Merci de m'avoir consacré un peu de votre temps ; merci aussi pour le... euh... le cidre. » Il a fait un geste en direction de la chope, à laquelle il n'avait pas touché ; posée sur la table basse, elle laissait un cercle humide qu'il serait impossible de faire disparaître.

Ma mère regardait ses genoux. Elle ne pleurait plus.

Ce soir-là, c'était la messe du réveillon et, comme d'habitude, Ron et moi étions prêts les premiers. Il attendait dans le salon de télévision en se frottant les yeux. Il portait un costume bleu marine avec une cravate décorée de bâtons de sucre candi. Il venait de se raser et ses cheveux, encore humides, étaient peignés en arrière. Lorsque j'ai descendu l'escalier, il a levé les yeux vers moi et m'a souri.

« Salut, la frangine.

— Salut. Tu fumes toujours?

— Non », a-t-il répondu en sortant un paquet de la poche de sa veste avec un sourire espiègle.

Nous sommes descendus jusqu'au rivage, les poings enfoncés dans les poches pour nous réchauffer. « Comment va la Grosse Paresseuse?

— La Nouvelle-Orléans? Elle est grosse. Et paresseuse.

— Tu t'éclates bien? »

J'ai ri. « Non, pas vraiment.

— As-tu acheté des actions Cisco quand je t'ai dit de le faire?

— Non, Ron. Je ne l'ai pas fait.

— Tant mieux. »

Nous étions assis sur un banc qui surplombait le détroit de Long Island. Derrière nous, il y avait la piscine de l'immeuble, vidée pour l'hiver. « Je n'ai jamais vu votre appartement à New York, lui ai-je fait remarquer. C'est curieux, non?

— Tu ferais bien de te dépêcher de venir le voir.

— Pourquoi?

— Il se peut que nous déménagions. » Ron a exhalé un nuage de fumée dans la nuit glacée.

« Où ça? »

Il a secoué la tête. « Demande à ta sœur. »

Nous sommes restés un bon moment sans parler. « Tu sais, a repris Ron au bout d'un moment, elle manque à Maddy aussi, autant qu'à toi.

— Bien sûr. » Je n'avais pas envie de discuter de ça avec Ron. Nous n'avions jamais vraiment été sur la même longueur d'onde. Après leurs fiançailles, Madeline avait emmené Ron chez moi, à La Nouvelle-Orléans. Ron avait regardé mon appartement avec un tel mépris que j'avais failli le gifler. «Imagine ce que l'on pourrait faire d'un endroit pareil, en s'en donnant la peine», avait-il dit à Madeline, pensant que je ne l'entendais pas. Ils étaient descendus au Ritz Carlton, dans le Vieux Carré et, quand je leur avais proposé de faire la tournée de mes bars favoris du voisinage, Ron avait aussitôt décliné l'invitation. Avant de repartir, il m'avait demandé si j'avais besoin d'argent. Je l'avais traité de tous les noms; je ne suis pas sûre que nous ayons vraiment digéré l'histoire, l'un et l'autre.

«Ellie manque à tout le monde», ai-je dit, tout en essayant de trouver un sujet de conversation qui nous ramènerait vers le moment présent. Les événements du monde? L'économie de La Nouvelle-Orléans? Le nouveau stade des Saints?

«La différence, a répondu Ron en se levant pour jeter sa cigarette dans l'eau, c'est que Maddy pense que c'est de sa faute.

— Pourquoi?»

Il a eu un sourire triste. «Pose-lui la question.»

J'ai regardé la cigarette qui rougeoyait entre mes doigts et l'ai portée à mes lèvres.

5

J'ai donné sa première cigarette à Madeline quand elle avait treize ans. « Maintenant, tu tapes le fond du paquet sur ton poignet, comme ça », lui ai-je expliqué en joignant le geste à la parole. Elle a fait ce que je lui disais, le front plissé par la concentration. Ses cheveux blonds, presque blancs, tombaient sur ses joues. « Et tu en sors une. »

Elle a levé les yeux. « Laquelle ?

— N'importe laquelle, andouille. » Ellie, à genoux par terre en train de tourner les pages de Miss Nelson a disparu, s'est mise à glousser. Elle venait de perdre sa première dent de devant. Elle avait cinq ans. Nous étions bien plus vieilles qu'elle. Elle aurait dû être au lit, mais quand les hurlements commençaient elle ne pouvait pas s'endormir.

Madeline a pris une cigarette du paquet (des Winston Light, la marque que fumait James O'Hara) et l'a coincée entre ses dents. J'ai craqué une allumette et l'ai maintenue sous le bout de la cigarette jusqu'à ce que le papier s'enflamme. « Maintenant tu inspires, mais seulement par la bouche. »

Madeline s'est exécutée, en écarquillant les yeux au moment où la fumée lui brûlait les gencives. Elle a sorti la cigarette de sa bouche, en la tenant avec ses cinq doigts. « Ouah », a-t-elle fait d'une voix vacillante.

Ellie m'a regardée, la peur brillant telle une flamme dans ses yeux bleus. Elle était si fragile, pas encore abîmée. Venant d'en bas, on a entendu quelque chose claquer contre un mur. La voix de mon père s'est élevée et Ellie a émis un petit son effrayé.

J'ai grogné « oh, zut », en prenant la cigarette de Madeline. Je l'ai éteinte dans une tasse à thé, j'ai ouvert la fenêtre et je l'ai jetée dehors. Le vent sentait la pluie et l'herbe mouillée. Les nuages étaient tout gonflés et les feuilles des arbres d'un vert éclatant. Mes parents étaient dans le patio ou sur la pelouse. Quelque chose s'est fracassé contre le mur de la maison, avec un bruit de verre brisé. Ma mère a gémi « Joseph, oh, Joseph ! » d'une voix fêlée, désespérée.

Madeline promenait ses doigts sur le tapis de peluche turquoise. Ellie, les poings serrés, respirait par saccades, comme si elle s'obligeait à ne pas pleurer.

Il a commencé à pleuvoir. Une voiture est passée, dans un chuintement de pneus sur la chaussée mouillée. Mon père, le visage écarlate, avec son haleine sentant le scotch, ma mère, toute maigre dans ses sandales à hauts talons, disait « Joseph, je t'en priiie… » En s'élevant, sa voix telle de la fumée s'évanouissait dans le vide.

Nous avons dormi dans ma grande penderie cette nuit-là. Madeline s'entraînait à fumer devant la glace ; elle se débrouillait plutôt bien, mais je l'avais prévenue qu'elle n'aurait le droit d'inhaler la fumée qu'après son anniversaire. Je lui ai appris à tenir sa cigarette entre l'index et le majeur, à souffler la fumée et à faire des ronds. Ellie s'est endormie avant nous, par terre, enroulée sur elle-même comme un escargot. Madeline et moi avons enfilé nos pyjamas, puis sommes allées nous laver les dents dans la salle de bains. Nous guettions les bruits dans l'escalier : les pas légers et rapides, c'était ma mère qui montait, en pleine crise d'hystérie ; le craquement régulier des marches, c'était mon père.

Même lorsque nous étions cachées au fond de la grande penderie, j'attendais, aux aguets ; je voulais être prête. Il y avait des nuits où aux heures de paix succédait le bruit de pas lourds gravissant l'escalier. Une voix pâteuse se faisait entendre. « Les filles ? »

Je demeurais éveillée et fredonnais mes deux mots préférés à mes sœurs, pour leur changer les idées « La Guardia, La Guardia, La Guardia... » Le nom de l'aéroport sonnait comme l'eau d'un torrent sur des cailloux. Nous nous endormions en psalmodiant cette berceuse improvisée, pelotonnées sous nos édredons Laura Ashley. J'écoutais la pluie tomber sur notre maison à un million de dollars, sur l'Oldsmobile de ma mère, sur la voiture de société de mon père, et sur son Alfa Romeo. Elle tombait aussi sur le garage où travaillait James O'Hara, et sur notre cabane dans les bois. Elle tombait sur Holt et sur New York et peut-être même aussi là-bas, sur La Nouvelle-Orléans.

Les chaussées mouillées. L'odeur du goudron chaud après la pluie. Un matin, des feuilles collées contre la fenêtre de la cuisine. Ma mère est endormie, les cheveux répandus sur l'oreiller, porte fermée. Mon père est déjà parti prendre son train ; son verre, rincé, posé sur l'évier. Des bols bleus, des petites cuillères sur la table de la cuisine. Un journal, encore sous son enveloppe de plastique. Du jus d'orange, l'arrivée de M. Lake qui nous emmène à l'école avec d'autres élèves. « Quel orage, hein, les filles ? Vous avez vu les éclairs ? Maddy, ta coiffure est a-do-rable ! »

J'ai tout vérifié : *nous sommes impeccables, cheveux, souliers, vêtements, comme si nous avions des vrais parents. M. Lake fait marche arrière dans l'allée, le gravier crisse sous les roues. Pendant sept heures, nous serons libres.*

Ellie avait l'air d'une petite fille de cinq ans tout à fait normale, grands yeux, un peu maladroite, mais courageuse. Un soir, après dîner, alors que nous regardions Beverly Hills 90210 dans la chambre de Madeline, elle a mis ses mains sur ses hanches et a déclaré : « Je veux fuguer. » Mes parents étaient au rez-de-chaussée, mais il ne s'était encore rien passé. Ellie a montré la télévision du doigt. « Eux là, ils n'ont pas de parents. » À l'écran, on voyait une blonde au volant d'une décapotable, qui s'arrêtait devant un marchand de glaces ; ses amies l'accueillaient avec enthousiasme.

« Fuguer ! s'est exclamée Madeline. Mais où tu as appris ce mot ? »

Ellie a appuyé sur la télécommande et mis la télé en sourdine, l'air tout excité. Madeline lui avait tressé des nattes qui rebiquaient derrière ses oreilles. « On pourrait fuguer toutes les trois », a-t-elle proposé.

Madeline a laissé échapper un rire nerveux et arrêté de se faire les ongles des pieds. « Ah oui, et on irait où ?

— Je veux fuguer », a répété Ellie, lentement, gravement, en me regardant droit dans les yeux.

J'ai dit : « O.K.

— Caroline ! s'est récriée Madeline, sans cacher son affolement, on est trop petites ! »

Ellie a souri. Ce sourire, le trou de la dent de lait qu'elle venait de perdre, j'en rêve encore : Ellie, juste à ce moment-là, avant que tout tourne mal.

Madeline a quitté la chambre en courant ; en bas, on a entendu le choc violent de glaçons dans un verre en cristal ; à la télé, une fille en pull rouge a giflé un garçon.

L'idée de fuguer est restée une idée – jusqu'à James O'Hara. J'ai remarqué James pour la première fois le jour où on m'a ôté mon appareil dentaire. Après cette séance pénible chez le dentiste et la prise d'une série de clichés Polaroïd (ma photo a été punaisée sur une planche parmi une série de sourires parfaits, entre Arthur Waldenstein et Jenni Woods), je suis rentrée chez moi à pied. J'avais appris à conduire l'été précédent avec l'Oldsmobile de ma mère ; je roulais dans des endroits pas trop fréquentés, j'effectuais de grands cercles et ma mère me donnait la direction à suivre. Mais je n'avais pas encore l'âge légal de conduire.

Ce jour-là, ma mère était à une réunion de son association caritative. J'étais supposée prendre un taxi. Je portais une minijupe en jean et il faisait beau ; j'ai préféré marcher.

J'ai mis un pied devant l'autre, dans mes tennis, et j'ai un peu ondulé des hanches, d'une manière spéciale, chose que je n'aurais jamais osé faire quand j'avais la bouche pleine de ferraille. J'ai pensé que tout d'un coup, plus aucun obstacle ne se dressait entre moi et l'âge adulte. J'avais obtenu ce que je voulais de mes parents (je savais que l'orthodontie et les leçons de piano coûtaient très cher) et maintenant je pouvais avancer dans l'existence.

Je suis passée devant Mimi's Café, le magasin de chaussures, le marchand de glaces, l'épicerie où, avec mes sœurs, j'avais acheté un pack de douze canettes de Coca que nous avions bues en une heure, en courant et

43

tournoyant comme des folles, pieds nus sur la pelouse, le vent dans les cheveux, avant d'avoir mal au cœur et d'être obligées de rentrer dans la maison pour dire à notre mère que nous avions envie de vomir. Je suis aussi passée devant le Liquor Barn.

Et puis devant le Ray's Fuel, une station-service flanquée d'un atelier de carrosserie. On s'arrêtait toujours au Ray's, quand ma mère devait faire le plein d'essence (j'ignorais avant de quitter la maison que l'on pouvait se servir soi-même dans une station-service ; à Holt, ce genre de pompes n'existait pas). Je ne m'étais jamais aventurée à l'intérieur de l'atelier. Pour moi c'était un lieu secret, plein d'objets sentant l'huile et l'essence qui n'avaient aucune réalité. Je crois que je n'avais jamais pensé aux gens qui travaillaient là-dedans, ni ailleurs du reste. L'image que j'avais du travail, c'était celle de mon père partant avec son porte-documents, son odeur bizarre, et sa façon de pincer les lèvres chaque fois qu'il devait remplir un chèque. Il travaillait à New York, à Wall Street. Les gens lui donnaient de l'argent et il l'investissait pour leur compte ; parfois il gagnait gros : il avait ainsi acheté un terrain à ma mère à Martha's Vineyard ; parfois il perdait de l'argent : l'année suivante, il avait dû revendre le terrain et ma mère avait même été obligée de se séparer de la maison familiale de Savannah.

Mon père allouait une certaine somme d'argent à ma mère ; lorsque moi, j'avais besoin de quelque chose, il fallait que je fasse une demande écrite, en soulignant la somme dont j'avais besoin et ce que j'allais en faire ; ensuite il décidait si ça m'était utile ou non. Cinq dollars pour le bal du printemps, ça ne valait pas la peine ; j'ai dû voler l'argent dans le sac Gucci de ma mère.

J'avais quinze ans, des dents bien droites, une mini-jupe en jean. J'ai jeté un coup d'œil dans la pénombre de l'atelier, derrière la station-service, et j'ai vu James O'Hara.

Je sais aujourd'hui qu'un garçon en salopette pleine de taches d'huile, à la recherche de l'amour, est un cliché romanesque, mais le choc délicieux que j'ai ressenti en voyant James m'a fait l'effet d'une drogue. Il nettoyait une clé avec un chiffon rouge et s'est retourné au moment où je passais. Il a souri timidement. Je ne lui ai pas seulement rendu son sourire, je me suis aussi arrêtée.

« Salut », m'a-t-il dit, et j'ai répondu « Salut ».

Je ne l'ai pas revu pendant plusieurs mois, mais j'ai posé des questions sur lui. Je n'avais pas beaucoup d'amies – avec mes sœurs, nous avions tendance à rester entre nous – mais j'ai pu glaner des renseignements à droite et à gauche : le nouveau mécano du Ray's Fuel s'appelait James et il était orphelin. Il était supposé être en terminale, mais je ne l'avais jamais vu au lycée. Il avait dû abandonner ses études.

Je n'arrêtais pas de penser à lui. Ça tournait à l'obsession. J'ai expliqué à ma mère que je voulais rentrer tous les jours à pied ; sa conduite automobile calamiteuse était déjà une bonne raison en soi, mais j'ai ajouté que je m'entraînais pour la Grande Marche annuelle de Holt. Ma mère a été soulagée, je crois, et m'a demandé d'emmener mes sœurs avec moi. L'exercice nous ferait du bien et elle aurait davantage de temps pour écrire son journal. « J'ai des histoires à raconter, tu sais », m'a-t-elle dit, en haussant les sourcils et en me fixant droit dans les yeux jusqu'à ce que je me sente mal à l'aise.

Je ne lui ai pas répondu que je les connaissais déjà, ses histoires : son riche fiancé Bernard, sa carrière de *mannequin avortée. Elles me donnaient la nausée, ses histoires qui finissaient toutes de la même façon : une femme dépressive, assise, seule, dans sa cuisine de luxe.*

Mes sœurs aussi sont tombées amoureuses de James O'Hara. Nous avions entendu parler de l'orphelinat de White Plains (des bals et des ventes de gâteaux étaient organisés au yacht-club au bénéfice des orphelins), mais nous n'avions jamais vu un vrai orphelin. Il me paraissait romantique d'être seul au monde, sans parents pour vous rendre malheureux. Chaque jour, nous nous arrêtions pour acheter des oursons gélifiés Gummi et des Cocas au snack du Ray's Fuel ; quelquefois, James sortait du garage et nous le voyions. Il me souriait et une fois il m'a même demandé mon nom. Je sentais qu'il m'observait quand je choisissais des bonbons ou un soda. Il m'observait d'une manière qui était nouvelle pour moi, qui me faisait me sentir irrésistible.

Madeline a décrété qu'il était encore plus mignon que Kirk Cameron.

Le temps a passé comme ça : nous achetions des friandises, des bonbons acidulés, des oursons Gummi et du Coca, en espérant un coup d'œil de l'orphelin. À la maison, la vie était à la fois ennuyeuse et terrifiante. Les jours s'écoulaient lentement, dans l'atmosphère aigrie par la tristesse d'un mariage mourant. Et puis une dispute ranimait la colère de mon père et nous nous cachions dans le jardin ou au fond de ma penderie jusqu'à ce que la tornade de ses espoirs frustrés fût passée.

Plus tard, je me suis demandé ce qu'aurait pu être mon père s'il n'avait pas été imprégné par tout cet alcool. Il avait subjugué ma mère par son esprit et son air sauvage. Je le savais parce qu'elle me l'avait dit et pourtant, c'était difficile à croire. Parfois, je le surprenais à me regarder comme si j'étais un bel objet qu'il avait oublié et qu'il redécouvrait.

Mais la plupart du temps, il était en colère. Ne sachant jamais ce qui allait déclencher sa fureur, nous évitions d'inviter qui que ce soit à la maison. Quand Ellie a eu l'âge d'aller au jardin d'enfants, ma mère n'a pas cherché à retenir la nurse. Mes sœurs et moi, nous nous sommes retrouvées seules.

Et un jour, un samedi ensoleillé, James a téléphoné. Ma mère a répondu. Les samedis (les dimanches aussi d'ailleurs) m'emplissaient de frayeur. Tant de choses pouvaient mal tourner. En général, je jouais du piano toute la journée, espérant que la musique emplirait l'espace, laissant moins de place aux cris. J'essayais de me perdre dans cette musique, de remplir de lumière chaque recoin de la maison.

Ce samedi-là, mon père tondait la pelouse, après avoir pris un verre de vin au petit déjeuner. Ma mère avait mis une jupe de tennis et une casquette à visière, feignant d'avoir envie d'aller quelque part faire quelque chose, mais elle s'était disputée avec mon père à propos du verre de vin et avait perdu son énergie. Le caractère instable de mon père avait fait fuir peu à peu toutes les amies de ma mère et elle ne faisait pratiquement plus de projets. Quand le téléphone a sonné, elle était assise à la table de la cuisine et regardait dans le vide.

« Caroline, a-t-elle dit en mettant sa paume sur le récepteur, c'est pour toi. Un garçon », a-t-elle murmuré en levant un sourcil et en m'adressant un clin d'œil coquin. Ses cuisses, sous sa jupe de tennis, étaient maigres et grises. Elle était coiffée avec soin, ses boucles retombant en cascade par-dessus la visière.

47

Je jouais sur la console vidéo avec Ellie, à Donkey Kong. J'ai pris le récepteur, le cœur battant. « Allô ?

— C'est Caroline ? a dit une voix basse, d'adulte.

— Oui.

— C'est James, tu sais, du Ray's Fuel.

— Oui ? » J'ai d'abord pensé à une blague, mais j'ai gardé l'appareil contre mon oreille en regardant le plancher en pin de la cuisine.

« Je me demandais… » Il y a eu un silence, et j'ai entendu quelqu'un parler, derrière lui, un cliquetis métallique. Une vision de James m'est venue : ses épais sourcils et ses paupières lourdes. L'odeur de fumée d'échappement et d'huile. Ses mains tenant un gros outil, et la pénombre de l'atelier, dont l'unique fenêtre aux carreaux sales laissait entrer la lumière de ce samedi. Le téléphone à pièces accroché au mur et les bottes noires de James ceintes d'une bande de cuir aux chevilles retenue par une boucle ternie.

Ma mère me regardait, paumes en l'air, articulant en silence « Qui est-ce ? », l'air ravi.

« Oui ? ai-je répété dans le combiné.

— Tu voudrais… venir manger une pizza ? Avec moi ? »

Une sorte de chaleur m'a envahie – en fait, j'ai littéralement senti mes veines se gonfler.

« Oui.

— Mercredi vers six heures, ça t'irait ?

— Oui. » J'ai raccroché et ma mère m'a demandé : « Alors ? Qu'est-ce que c'est ? »

Ellie jouait encore à Donkey Kong, son pouce pressant le bouton rouge et faisant sauter le petit bonhomme, mais je savais qu'elle écoutait. J'aurais pu me tourner vers ma mère et lui parler de ce garçon. Elle adorait parler des

garçons, de ses anciennes amours, de ses jours glorieux.
Mais je ne me confiais pas à elle. Il était déjà trop tard.

J'ai répondu «Rien» et je suis allée m'installer dans
le hamac, dehors, pour savourer mon secret comme on
savoure un chocolat Godiva précieusement gardé. Made-
line était déjà dans le hamac, lisant un livre de Nancy
Drew et Ellie n'a pas tardé à nous rejoindre.

Par-delà le jardin s'étendait un terrain boisé. Nous y
avions créé notre monde secret, rempli d'appartements
chics et de restaurants où nous avions des rendez-vous
galants. Madeline, qui s'appelait Moo, était institutrice,
et son petit ami se prénommait Ronaldo. Ellie s'appelait
Laurel et était une actrice connue. Moi, j'étais Candy,
une musicienne célèbre (dans le monde réel, je prenais
des leçons de piano trois fois par semaine). Pendant
des mois, j'avais imaginé que James O'Hara était mon
petit ami ; maintenant j'avais vraiment rendez-vous avec
lui.

Nous passions des après-midi dans notre ville inven-
tée, nous rendant visite dans nos appartements respectifs
pour parler de nos petits amis et de nos carrières. Même
dans nos fabulations, nous jouions chacune un rôle.
Madeline était la gentille fille : elle faisait des lessives
imaginaires. Ellie fonçait tête baissée dans des aventures,
pour rire, comme naviguer en hamac jusqu'à Tahiti.

Moi, j'assurais notre survie ; c'était ce qui m'incom-
bait dans la vie réelle, comme dans notre vie rêvée, et je
prenais mon rôle au sérieux. Je n'avais confiance en per-
sonne et je m'attendais toujours à ce que les choses tour-
nent mal. Parfois je me demande qui j'aurais été si je
n'avais pas eu de sœurs. Peut-être la gentille fille.
J'aurais peut-être été capable de saisir ma chance.

J'ignore ce qu'a fait ma mère ce samedi-là ; quand nous sommes rentrées dans la maison pour dîner (nous nous sommes préparé des sandwichs au beurre de cacahuète et à la viande hachée), elle était encore assise à la table de la cuisine, le regard vide, avec sa jupette de tennis ridicule.

Nous n'avions pas pitié de nos parents qui erraient comme des fantômes dans leur immense maison. Nous les haïssions de ne pas ressembler aux autres parents. Les mères des autres passaient des après-midi à confectionner des gâteaux avec leurs enfants, pas à dormir ou à vous parler de leurs anciens petits amis. Les pères venaient s'asseoir à table pour dîner et faisaient des jeux de construction les dimanches après-midi au lieu de boire devant la télé. Quand on est petit, si on tend la main et que personne ne la prend, on cesse de tendre la main et on se replie sur soi-même. C'est comme ça que les choses se passaient, chez nous.

Le soir de mon rendez-vous avec James O'Hara, il avait plu. On était en mars et le temps était changeant. Avec l'aide de mes sœurs, j'avais soigneusement choisi ma tenue : minijupe en jean, collants, un pull à rayures vertes et jaunes par-dessus un tee-shirt blanc uni, au cas où il ferait trop chaud au restaurant. J'avais dit à mes sœurs que je n'embrasserais pas James O'Hara, mais j'y songeais en secret.

En général, mes parents se souciaient peu de savoir où nous allions le soir. Quelquefois, nous nous rendions à pied à la bibliothèque ou, l'été, au Cherokee Golf Club. La mère d'une copine nous amenait de temps en temps jouer au bowling ou manger une pizza. La nôtre jamais.

Je n'avais pas dit à mes parents que j'avais rendez-vous ce mercredi-là. Je pensais qu'il n'y aurait pas de problème.

James a sonné à la porte à six heures pile. J'étais prête : je sentais le N° 5 de Chanel de ma mère, mes chaussettes tombaient juste comme il fallait sur mes tennis. Mon père était enfermé dans le salon de télévision ; on entendait Benny Hill. Ma mère était à l'arrière de la maison ou dans son lit, je ne m'en souviens pas. Mes sœurs et moi attendions, assises, jambes croisées, dans le vestibule. En général, nous évitions de nous asseoir là, car l'entrée était trop près du salon ; la porte pouvait s'ouvrir brusquement, par exemple lorsque mon père sortait pour prendre un verre dans la cuisine. S'il nous trouvait là, il nous traitait de grosses ou de feignantes, ou alors il voulait faire de la lutte sur le tapis.

Quand la sonnette a retenti, Madeline a écarquillé les yeux, Ellie a souri aux anges. Moi, je me suis levée, avec l'impression d'être une reine ; mais avant que j'aie pu faire un pas, la porte du salon s'est ouverte, mon père est sorti, en peignoir, l'œil trouble et cruel.

La sonnette a retenti de nouveau. « Qui est-ce ? » a demandé mon père. Entre-temps, ma mère était arrivée dans le vestibule.

« Comment veux-tu que je le sache ? » ai-je répondu.

Mon père a refermé les pans de son peignoir, resserré la ceinture sur son gros ventre (l'alcool le faisait grossir, mais je ne le savais pas à l'époque). Il a ouvert la porte.

Debout sur les marches, James ressemblait à un ange. Il portait un blouson en nylon, un jean et un pull marin. À deux mètres de lui, je sentais son eau de toilette, Drakkar Noir. Il s'était rasé, mais ses joues gardaient l'ombre de sa barbe.

51

Je ne me souviens pas si j'ai éprouvé du désir à ce moment-là, ou si même je savais ce qu'était le désir, ou si je voulais seulement appartenir à quelqu'un d'autre qu'à mes parents. James m'a regardée et les murs qui m'entouraient se sont évanouis.

« Je peux vous renseigner ? a demandé mon père.

— Oh, c'est le garçon de l'atelier de carrosserie, a constaté ma mère.

— Je m'appelle James, a dit James en tendant un bouquet d'œillets dont les tiges étaient enveloppées dans du papier alu. Je viens chercher Caroline.

— Ah bon, vous venez chercher Caroline… ? a dit mon père en plissant les yeux.

— Oui, monsieur.

— Bien, bien, bien. » Mon père a mis les poings sur ses hanches. Je voyais bien qu'il se demandait comment maîtriser la situation. « Laissez-moi juste quelques secondes pour en parler avec ma femme. » Ma mère l'a suivi dans le salon.

James attendait toujours à la porte d'entrée, déconcerté, un peu effrayé.

« Moi, c'est Ellie », a dit ma petite sœur, en levant la main vers lui. Elle ne lui arrivait pas à la poitrine et il s'est penché vers elle.

« Je te connais. » Ellie a rosi. Elle portait un caleçon, un tee-shirt et était pieds nus ; ses cheveux, qui n'avaient pas été coupés depuis longtemps, étaient pleins de nœuds et de pointes fourchues. Ses yeux dansaient ; elle a joint les mains, avec un sourire jusqu'aux oreilles.

« Et je te connais aussi, non ? a dit James à Madeline, qui, muette, a hoché la tête.

— C'est Madeline, a dit Ellie.

— Salut, Madeline. »

52

Madeline n'a pas répondu.

La porte du salon s'est ouverte et mon père est sorti, tenant fermement ma mère par l'épaule. Ses doigts étaient tout rouges.

« James, c'est ça ?

— Oui, monsieur.

— James, ma femme et moi avons eu une petite discussion... » Ma mère essayait d'accrocher mon regard. J'ai compris ce qui allait suivre ; j'ai baissé les yeux. « Vous n'emmènerez Caroline nulle part. Bonsoir. »

James a fait : « Oh », mon père l'a pris par le coude, l'a repoussé et lui a claqué la porte au nez.

« Eh bien, voilà qui mérite un petit remontant », a-t-il déclaré.

Je me suis tournée vers lui. « Va te faire foutre. » Il y a eu un silence, puis mon père a levé la main et sa paume a heurté ma joue. Nous sommes restés longtemps face à face. La joue me cuisait. Mon père a frappé une nouvelle fois ; mes sœurs étaient silencieuses, ma mère regardait la scène.

Nous avons soigneusement mis au point notre évasion. Nous avons décidé que l'Oldsmobile était la meilleure voiture pour nous enfuir : la voiture de fonction et l'Alfa Romeo étaient trop voyantes, l'Oldsmobile passerait inaperçue. Et puis on pourrait vivre dedans, si nécessaire.

Nous avions un peu d'argent. Depuis des années, je faisais du baby-sitting et j'étais maître nageur sauveteur stagiaire au Oyster Shores Club. J'avais mis de côté environ trois cents dollars. Madeline gardant tout ce qu'elle recevait – les dix dollars contenus dans chaque carte d'anniversaire, toutes les lettres de notre grand-père, *accompagnées de quelques billets – elle avait fini par éco-nomiser à peu près deux cents dollars. Nous avions une carte American Express pour les urgences, mais en l'uti-lisant, nous nous ferions repérer. Nous sommes allées au drugstore où nous avons acheté un stock de chewing-gums et de la laque. Madeline, toujours pragmatique, a pris une bouteille de sirop contre la toux, des sachets de muesli nature et de la crème solaire.*

Ellie n'avait pas d'argent, bien sûr, mais ce qu'elle possédait était précieux : pour elle, la vie nous réser-vait du bonheur et elle avait en moi une confiance absolue.

Nous avons passé nos soirées, dans ces dernières semaines à la maison, penchées sur un atlas routier, essayant de décider où nous passerions le restant de notre vie. Cet atlas me donnait envie de pleurer : c'était un cadeau de mariage fait à mes parents par quelqu'un qui avait écrit en dédicace : « Pour toutes les aventures que vous partagerez ! » Mon père détestait les voyages et, après leur désastreuse lune de miel à Sea Island, mes parents n'étaient jamais allés nulle part, excepté à Savannah.

En y repensant, je crois que nous avons choisi La Nou-velle-Orléans parce que c'était ce que souhaitait Made-line. Notre projet ne l'enthousiasmait pas, et nous voulions qu'elle soit contente. Un soir nous avons regardé Un tramway nommé Désir *à la télévision et Madeline a été fascinée. « On pourrait aller là-bas ? » a-t-elle proposé et nous avons dit d'accord.*

La Nouvelle-Orléans paraissait l'endroit parfait : le rêve, la chaleur. Nous imaginions que tous les gens étaient blonds et portaient des vêtements en soie. Nous adorions la glace au daïquiri et pensions qu'elle serait encore meilleure dans le Sud. Notre mère était du Sud et nous avait raconté que là-bas c'était merveilleux et que sa vie avait été formidable avant qu'elle n'épouse un Yankee.

Nous avons décidé d'attendre le dernier jour de l'année scolaire, le 17 juin. Le 16 au soir, nous avions prévu de charger la voiture, sachant que ma mère ne s'en servait plus. Elle sortait rarement de son lit. Je souhaitais presque pouvoir l'emmener avec nous, mais elle n'était pas assez forte pour nous suivre jusqu'au bout. Elle aurait certainement fini par appeler mon père d'un McDonald's, en le suppliant de la laisser revenir à la maison. Je la haïssais.

« Et mes jeux vidéo ? a demandé Ellie.

— Non ! On risque de ne pas avoir la télé. »

La figure d'Ellie s'est un peu assombrie à cette perspective.

« J'emmène les trois tomes du Seigneur des anneaux, a décidé Madeline.

— D'accord. Et des vêtements. Si on doit travailler, autant avoir des fringues correctes.

— Je vais travailler, moi ? a dit Ellie.

— Non, pas toi.

— Je peux prendre des oursons Gummi ?

— Bien sûr. Prends tous les bonbons que tu veux. »

Ça nous a fait drôle de vider nos tiroirs. Nous devions laisser beaucoup derrière nous, mais nous avions tant de choses dont nous n'avions pas besoin ou dont nous n'avions même pas envie du reste. Je voulais emporter toutes mes affaires de coiffure, j'ai un peu honte de l'avouer, ma crème autobronzante et un rasoir rose. Une partie de moi-même pensait que la beauté était la source du bonheur. C'est ce que nous disait ma mère quand elle commençait à radoter en nous expliquant combien elle avait été belle autrefois. C'était vrai, d'ailleurs, elle avait été ravissante. Elle conservait dans un album des coupures de magazines pour lesquels elle avait posé (Vogue, Mademoiselle et McCall's) ; sur les photos, on avait l'impression qu'elle avait l'avenir devant elle. Son sourire était bien réel. Mais regardez ce qu'elle était devenue.

« N'oubliez pas les sacs de couchage et les brosses à dents », ai-je rappelé à mes sœurs. Madeline rangeait ses vêtements avec soin, en effaçant les plis, tandis qu'Ellie fourrait tout n'importe comment dans son sac. Quand tout a été prêt, nous nous sommes glissées dans le garage. Nous savions descendre les escaliers sans faire de bruit. Notre mère était au lit, lumières éteintes, mais notre père, lui, regardait la télé.

Les seuls bruits que l'on entendait dans la maison étaient celui, assourdi, de la télé et la respiration de mes sœurs. Il y avait trente-six marches jusqu'au sous-sol.

Le garage était humide et froid. Nous n'avons pas allumé la lumière, seulement longé le mur de ciment à tâtons. On distinguait les contours des voitures. « N'ouvre pas la portière, a chuchoté Ellie, il va l'entendre. » Sa chemise de nuit en coton lui arrivait jusqu'aux orteils. Elle sentait le shampooing.

« Où on va mettre tout ça ? » a-t-elle demandé. Sa taie d'oreiller était pleine à craquer et elle pouvait à peine la tenir dans ses petits bras potelés.

« Sous la voiture, ai-je répondu. Je m'en occuperai demain matin. »

Nous avions à peine fini de tout cacher, quand nous avons entendu des bruits de pas. « Flûte ! » a dit Madeline.

*Nous avons cherché un endroit pour nous dissimuler ;
à ce moment-là, la porte qui donnait sur le garage s'est
ouverte.*

« Il y a quelqu'un ? » a fait la voix de mon père.

*Nous avons attendu en silence que ses yeux s'accoutu-
ment à la pénombre et qu'ils nous voient.*

6

« Caroline ? » J'ai senti la main de Ron sur mon épaule. « Prête à rentrer ? Il ne faut pas manquer la messe de minuit. »

Je l'ai regardé. Il souriait et je me suis rendu compte qu'il détestait tout ça autant que moi.

« As-tu reçu une éducation religieuse ? lui ai-je demandé en lançant ma cigarette dans l'eau, avant de faire demi-tour.

— Ma mère était une épiscopalienne non pratiquante, mais elle nous emmenait à la messe de temps en temps.

— Vraiment ? Je croyais que l'idée du mariage catholique venait de toi.

— Non. C'est Maddy qui a insisté.

— Ça m'étonne.

— Pourquoi ?

— J'ignorais qu'elle attachait de l'importance à ces choses-là.

— Tu ne sais pas à quoi elle attache de l'importance », a-t-il remarqué d'une voix dure.

Les larmes me sont montées aux yeux. « Ça veut dire quoi, ça ?

— Laisse tomber. »

J'ai essayé de ravaler la colère que je ressentais souvent devant les jugements péremptoires de mon beau-frère. Nous avons marché jusqu'à la maison et j'ai respiré l'odeur de l'océan.

Ma mère et ma sœur attendaient dehors, en frissonnant. « Mais où diable étiez-vous passés ? » a demandé ma mère. Elle portait de grosses créoles en or.

« Nous profitions de cette veille de Noël », a dit Ron en passant son bras autour de l'épaule de Madeline. Elle n'a pas répondu à ce geste affectueux. Elle s'était fait un brushing et portait un serre-tête écossais, assorti à ses chaussures. Elle était emmitouflée dans un manteau de vison.

« Joli manteau, ai-je remarqué.

— Cadeau d'anniversaire », a répondu Madeline en montant dans la Mercedes de ma mère.

Ron et Madeline étaient mariés depuis trois ans. Leur anniversaire de mariage tombait en juin ; un manteau de vison était un curieux cadeau, pour la saison. Quand Ron a démarré la Mercedes, ma mère a regardé la pendule du tableau de bord.

« Ouh, là, là ! Nous allons manquer les chants de Noël ! » Elle a mis la radio et trouvé une station qui jouait *O Little Town of Bethlehem*. « Écoutez, c'est Elvis ! » s'est-elle exclamée, ravie.

Nous sommes passés devant le portail de l'immeuble, en agitant la main en direction de Mitchell, un vieux bonhomme gâteux censé nous protéger des individus louches susceptibles de rôder dans une petite ville comme Holt la veille de Noël. « Tu as fumé ? m'a demandé Madeline à voix basse, d'un ton dégoûté.

— Oui.

— Mon Dieu ! a-t-elle dit en baissant la vitre.

— Madeline, lui a fait observer ma mère, on gèle ! Remonte cette vitre immédiatement. »

Madeline a soupiré, mais s'est exécutée.

Arrivés à l'église Saint-David, nous nous sommes garés, puis dirigés vers l'entrée. Ma mère avait raison : nous avions manqué les chants de Noël. Néanmoins, elle a remonté l'allée vers un banc, adressant des clins d'œil et des sourires à ses amies.

Après la génuflexion, dès que nous nous sommes assises, elle a commencé à me raconter les potins de l'année. Pendant toute la messe, j'ai eu sa voix dans l'oreille, comme un bourdonnement réconfortant : *Tu vois cette femme avec cette horrible coupe de cheveux ? C'est la sœur de Mary Lou, dont la fille est en cure de désintoxication quelque part vers Saint Louis. Mary Lou était mariée à Owen – tu te souviens de lui ? Une année il t'avait acheté vingt boîtes de cookies quand tu étais chez les Éclaireuses – enfin bref, sa secrétaire s'est retrouvée enceinte. Mary Lou a quand même gardé la maison, cette grande bâtisse coloniale sur Kenny Avenue. Son fils habite Lawrenceville…*

J'ai parcouru des yeux l'assemblée des fidèles, à la recherche de visages familiers ; j'en ai reconnu quelques-uns : des filles que j'avais connues et qui maintenant portaient des chemisiers à grand col, des enfants sur les genoux ou assis à leurs côtés. L'église était décorée de pots de poinsettia et de bougies blanches. Quand le prêtre est passé pour la quête, Ron a sorti un billet de cinquante dollars de son portefeuille. Madeline lui a lancé un regard que je n'ai pas compris, entre agacement et fierté. Ma mère m'a glissé une pièce de vingt-cinq cents dans la main, comme elle le faisait quand j'étais petite. J'ai d'abord songé à protester, à sortir des billets de mon porte-monnaie (violet, en velours ; Winnie me l'avait offert pour mon anniversaire), mais je n'ai rien dit et j'ai laissé tomber la pièce dans la corbeille.

Au moment de l'eucharistie, Madeline a pressé les doigts sur ses lèvres. J'ai chuchoté : « Ça va ?

— Non. »

Les gens commençaient à s'agiter sur leur siège, prêts à aller communier et à montrer leurs beaux habits de Noël. « Qu'est-ce qui se passe ? » ai-je demandé, mais Madeline a secoué la tête sans répondre.

« Non mais, regarde-moi ça, a dit ma mère, en désignant du menton la file des gens qui passaient devant notre banc en direction de l'autel, tu ne la trouves pas immonde, cette robe ? »

Quand le vicaire, habillé de gris, s'est arrêté près de notre banc, nous nous sommes levées pour nous avancer vers l'autel. Tandis que nous croisions les fidèles qui venaient de communier, ma mère faisait des clins d'œil et souriait. J'ai eu l'impression de commettre une imposture en prenant le pain et le vin, mais je ne savais pas quoi dire pour m'en sortir. Madeline est passée avant moi et s'est agenouillée maladroitement. Elle a refusé le vin. Elle a penché la tête pour murmurer une brève prière – nous savions que les prières faites près de l'autel nous rapprochaient de Dieu – et j'ai regardé la peau blanche de sa nuque entre deux mèches de cheveux qui tombaient sur ses épaules.

Je me suis agenouillée à mon tour et brusquement je ne me suis plus rappelé quelle main il fallait tendre pour recevoir le pain, aussi ai-je rapidement tiré la langue. Le prêtre a murmuré quelque chose et j'ai fait de même. Il a placé l'hostie sur ma langue. C'était sec et ça me collait au palais pendant que je mâchais. J'ai fermé les yeux et j'ai revu Ellie, à cinq ans, agenouillée près de l'autel, les poings serrés, qui soupirait « Comme c'est casse-pieds ! »

J'ai rouvert les yeux ; une femme qui avait mis trop de fond de teint se tenait au-dessus de moi avec le calice. Elle l'a essuyé et me l'a tendu. J'ai porté la coupe en argent à mes lèvres et j'ai bu.

Je suis vivante, a dit Ellie.

J'ai entendu la voix. Mais c'était le moment de me relever, de lisser ma robe et de suivre le large dos de Ron vers le banc. J'avais la tête qui tournait ; autrefois, c'était Ellie qui avait la tête qui tournait à l'église. Un jour elle s'était évanouie, ma mère l'avait portée jusqu'à la voiture et lui avait acheté un soda au distributeur du presbytère.

Je me suis agenouillée sur le banc et j'ai parlé à Dieu. *Mon Dieu, bénissez mon père qui est au ciel, et ma mère. Bénissez Madeline et Ron. Bénissez Winnie, Jimbo et Georgette. Bénissez Ellie.*

Je me souvenais de la dernière fois où je l'avais vue : elle sortait de la voiture de Mme Lake et entrait dans l'école élémentaire en sautillant et en remuant les bras en rythme. Je revoyais le soleil dans ses cheveux bruns. Son tee-shirt rouge, son blue-jean et ses baskets.

Alors que le chœur commençait à s'élever

autour de moi, j'ai pressé les paupières, très fort, pour retenir mes larmes. L'orgue résonnait, les voix chantaient *Glooooria!* Ma mère m'a aidée à me redresser et m'a embrassée sur la joue. «Joyeux Noël, Caroline.»

Ellie n'avait pas jeté un regard en arrière, ce matin de juin; elle était entrée dans l'école et la porte s'était refermée sur elle.

7

Du bureau de
AGNES FOWLER

Cher Thomas,

J'ai infiniment apprécié de prendre un bain chaud, ce soir – grâce à vous ! Je suis contente de savoir que la fuite de gaz est réparée. Et j'ai adoré bavarder avec vous. Mis à part les coups de marteau qui m'ont donné un peu mal à la tête, j'ai bien profité de ma journée de congé, même s'il va me falloir des années pour rembourser l'agréable moment que j'ai passé en votre compagnie. Rassurez-vous, je plaisante ! En tout cas, j'aimerais bien que la bibliothèque me paie soixante-quinze dollars l'heure.

Sachez que j'ai appris avec beaucoup d'intérêt les différentes façons dont un tuyau de gaz pouvait fuir. J'ignorais tout de la complexité du système de conduites de gaz qui courent sous la ville. Et cette histoire de tunnels souterrains reliant la mairie à la tour Wilma... incroyable. Vous pensez vraiment que des gens fumaient de l'opium là-dedans ? Je suis allée sur Internet aujourd'hui, au travail, mais je n'ai pas trouvé mention de cette histoire. J'ai cherché à la rubrique « opium » et

« Missoula » ; je suis tombée sur la page Web assez effrayante d'un jeune homme qui, selon ses propres mots, « vend l'herbe la plus dingue de tout l'Ouest », mais je n'ai trouvé aucun document historique. Demain, j'essaierai d'autres sites. Cela dit, j'ignore comment je vais expliquer à ma chef, Frances, les raisons d'une recherche aussi exhaustive sur l'opium.

Puis-je vous dire que j'aime mon travail ? C'est mon second emploi. Quand j'étais en faculté, je travaillais chez Orange Julius dans le centre commercial ; je suis capable de rendre onctueux un vulgaire sorbet. Je vivais chez mon père, qui me disait que je ne pourrais pas trouver de travail. Un jour, il est tombé sur ma coiffe en papier et a découvert le pot aux roses. Mais il est décédé récemment ; j'ai obtenu mon diplôme à l'université de Missoula avec mention et j'ai pensé que le temps était venu de choisir un métier.

J'aurais pu retourner travailler chez Orange Julius, bien que le souvenir de mon père me traînant hors de la boutique soit assez embarrassant. Je ne doute pas que j'aurais fini par accéder au poste de directrice adjointe (ou même de directrice, peut-être, un jour !) mais je sentais que je pouvais faire quelque chose de mieux. Quand le poste a été créé à la bibliothèque, je me suis dit que je devais tenter ma chance. Ma chef, Frances, m'a jugée, au départ, « facile à vivre » et « malléable ». Il paraît que je lui rappelle elle-même à ses débuts, quand elle était jeune et impressionnable. J'ai été embauchée et on m'a donné un badge avec mon nom. Je suis fière d'être bibliothécaire.

J'adore le défi que représente une recherche de documents. En cela, Thomas, je pense que nous sommes assez semblables tous les deux. Le fait de chercher de la documentation et de la réorganiser ressemble à la recherche d'une fuite de gaz et à sa réparation. Tout cela est une question d'ordre... prendre les méandres et les détours de la vie (ou d'une conduite de gaz!), les bribes d'expérience et de mémoire (ou de tuyaux de gaz!) et les ordonner de façon logique. Boucher les fuites, en quelque sorte.

Voilà, je voulais seulement vous remercier; j'ai beaucoup apprécié les moments que nous avons passés ensemble. Je suis toute la journée à la bibliothèque (au Bureau de Prêt Inter-Bibliothèques, plus connu sous le sigle BPIB), si vous voulez passer me dire un petit bonjour. Et je serai dans les parages durant tout le week-end. Si un verre de vin ou un moka au café vous tente, arrêtez-vous! Vous savez où j'habite.

Amicalement,

Agnes Fowler

8

«Je me demande si le père Noël va passer», a dit ma mère, alors que nous rentrions de la messe. Nous avions pris place toutes les deux sur la banquette arrière, comme si Madeline et Ron étaient nos parents. Personne ne lui a répondu. Je regrettais de ne pas être à La Nouvelle-Orléans avec Winnie, chez Napoleon's, en train de boire une Pabst.

«J'ai envie de vomir», a dit Madeline.

Ron lui a tapoté la jambe. «Oh, chérie...» J'ai pensé à Anthony, du Liquor Barn, et me suis demandé s'il était obligé de travailler le soir du réveillon.

«Est-ce qu'on peut s'arrêter pour acheter une bouteille de vin?

— Chérie, il y en a plein à la maison, et les décorations vous attendent, a dit ma mère.

— Parfait», a commenté Ron. Ma mère a souri. Chaque année à Noël, elle nous offrait un petit objet décoratif à suspendre au sapin, et une chemise de nuit à chacune (Ron avait droit à un pyjama). Nous écoutions des disques de Cole Porter ou d'Elvis, en buvant. C'était vraiment pénible. Je me demandais si je ne pourrais pas rentrer à La Nouvelle-Orléans par un avion du soir pour retrouver mon petit appartement d'Esplanade Avenue. Le matin, les gosses de Winnie ouvriraient leurs cadeaux et son compagnon, Kit, ferait frire la dinde dans un énorme bac à huile. Winnie préparerait une farce à l'écrevisse.

« Ça va ? m'a demandé Madeline qui s'était retournée pour me regarder.

— Pardon ?

— On dirait que tu vas pleurer.

— Tu m'as l'air en pleine forme, ma chérie, est intervenue ma mère. Ne t'occupe pas des gens qui disent que ton pantalon est trop moulant.

— Qui a dit que mon pantalon était trop moulant ?

— Personne, mon cœur ! Ah, quelle soupe au lait ! » a-t-elle ajouté à l'adresse de ma sœur. J'aurais voulu hurler, mais je ne l'ai pas fait. Finalement, on est arrivés au pied de l'immeuble. Ron a klaxonné, pour réveiller Mitchell.

« Joyeux Noël, Mitchell.

— Vous de même », a répondu Mitchell.

Ron a attendu patiemment, puis a repris : « Pouvez-vous nous ouvrir la barrière, s'il vous plaît, Mitchell ?

— Oh, mon Dieu, oui. » Mitchell a appuyé sur un bouton et nous avons pu entrer.

« Je n'aurais peut-être pas dû lui donner vingt dollars pour ses étrennes », a dit ma mère, pensive.

J'étais dans ma chambre, essayant de regarder mes fesses dans la glace, quand Madeline est entrée en trombe. « Est-ce que j'ai grossi ? lui ai-je demandé. Mon pantalon est trop moulant ?

— N'importe quoi ! » s'est exclamée Madeline. Elle s'est précipitée dans la salle de bains, a fermé la porte et j'ai entendu le robinet couler.

« Les filles ! C'est l'heure des petits cadeaux ! » a crié ma mère, d'en bas.

Madeline est sortie de la salle de bains, lèvres pincées. « C'est épouvantable, lui ai-je dit. Je ne peux plus supporter ce cirque. Je veux rentrer chez moi.

— Oh, Caroline, ta vie n'est pas si épouvantable. Ouvrir des cadeaux, ça n'a rien de bien terrible.

— Pour ta gouverne, sache qu'à La Nouvelle-Orléans, j'ai des amis qui m'attendent.

— Je n'en doute pas.

— C'est supposé vouloir dire quoi ?

— Tous les gens qui traînent dans les bars finissent par se faire des amis. »

Je n'ai pas réagi.

« Excuse-moi, a dit Madeline.

— Non, ça va.

— Non, ça ne va pas. » Elle s'est assise à côté de moi, sur le lit. « Je ne sais pas ce qui ne tourne pas rond chez moi.

— À mon avis, tu es enceinte. »

Madeline a eu un pâle sourire. « C'est pour avril.

— C'est merveilleux.

— Il y a autre chose. Ron va probablement perdre son travail.

— Oh, merde.

— Ce n'est pas sa faute.

— Bien sûr que non. »

Elle a soupiré. « Je ne sais pas ce que nous allons

69

faire. Tu vois, parfois je regrette de ne pas travailler dans un bar. Je regrette… des tas de choses. »

Je n'ai rien dit. Comme d'habitude, ma sœur attendait de moi quelque chose que je ne savais pas lui donner. Ma mère n'arrêtait pas de nous appeler.

« Pourquoi as-tu entamé cette procédure judiciaire avec Ken Dowland ? »

Elle a regardé ses mains. Ses ongles, autrefois objets de sa fierté, étaient rongés à ras. « Il y a un moment où il faut arrêter de se poser des questions, a-t-elle répondu.

— Tu es sûre de ce que tu fais ?

— Oh, Caro, allons. On sait toutes les deux qu'elle est morte.

— Je n'en suis pas certaine. Quelque chose me dit qu'elle est vivante. J'entends sa voix.

— Ça s'appelle de l'espoir, ce n'est pas Ellie, a dit Madeline. Va voir un psy, il t'expliquera.

— Mais si c'était vraiment Ellie ? »

Elle a tourné vers moi son regard fatigué, ses pommettes, son parfum. « Si c'était Ellie, si elle était vivante, pourquoi ne l'entendrais-je pas, moi aussi ? Parce que, vois-tu, je ne l'entends pas. Je n'entends rien du tout.

— Ah, vous êtes là, toutes les deux, a fait ma mère, tenant un verre de vin blanc. On vous attendait devant le sapin. »

Nous sommes descendues et nous avons ouvert les paquets contenant les décorations de Noël : pour moi, un hippocampe en verre soufflé, pour Madeline, un ange avec des boucles blondes, et pour Ron, un bonhomme de neige portant un haut-de-forme. Nous les avons accrochés au sapin, puis Madeline et moi avons sorti de leur emballage nos chemises de nuit ornées de feuilles de houx ; Ron s'est extasié sur son pyjama, enveloppé dans du papier imprimé de petits paquets cadeaux et des trois mots « Découvrez mon contenu ! » Plus tard, après quelques verres de whisky, Ron a demandé : « Pensez-vous que votre mère a compris l'allusion au *contenu* ? » J'ai regardé ma mère, qui buvait du vin en tournant gaiement les pages d'un vieil album de famille.

« J'espère que non », ai-je répondu.

Cette nuit-là, allongée sur mon lit, j'ai entendu Madeline pleurer doucement. Au lieu de la consoler, j'ai fait semblant de dormir. Pour la centième fois, je me suis promis que, sans l'ombre d'un doute, c'était là mon dernier Noël à la maison.

Du bureau de
AGNES FOWLER

Cher Thomas,

Quelle joie d'avoir rencontré votre femme et votre fils ce week-end au marché. Votre bébé est très mignon et votre femme si gentille de m'avoir remerciée pour les cookies que j'avais laissés pour vous sur le bureau de Super Plombier. J'espère que vous avez pu manger toutes les betteraves qu'elle a achetées. Quelle bonne blague, votre histoire de bague de mariage perdue dans la tuyauterie chez Steinmeyer's! Elle me fait encore rire. Vous trouverez ci-joint un chèque en paiement de la facture du dépannage. (J'apprécie vraiment d'avoir de l'eau chaude!)

Mon meilleur souvenir à votre femme et à votre fils,

Agnes Fowler

Sans doute résignée à ne jamais me voir trouver un mari et fonder un foyer, ma famille m'a offert des cadeaux de mariage pour Noël : Madeline et Ron, un autocuiseur, ma mère, un mixer et un jeu de couteaux de cuisine. Ma tante Rosalie (la sœur de mon père) a envoyé un vase magnifique à Ron et Madeline, une boîte de chocolats à ma mère, et moi, j'ai eu droit à un livre, *La Cuisine des célibataires*. « C'est vraiment pas sympa », ai-je bougonné en montrant la couverture. Ma mère m'a répondu : « Non, trésor, c'est un compliment. Rosalie *rêverait* de dîner sans oncle Lou. »

Nous passions en général le jour de Noël chez ma tante maternelle. Suivant les traces de sa sœur, Blanche avait épousé un Yankee et emménagé dans l'État de New York. L'oncle Wallace, agent de voyages, travaillait pour une clientèle fortunée et se faisait appeler « consultant ». Blanche, qui détestait les voyages, avait tout fait pour rester une beauté du Sud. Son accent sudiste s'était accentué au fil des années ; elle étonnait ses invités en leur concoctant des recettes puisées dans un vieux livre de cuisine de Savannah : crème aux crevettes, cuisses de grenouilles du bayou, champignons farcis à la créole. Elle buvait du cherry et portait de grandes capelines, comme si elle allait à la plage. Son père avait eu l'honneur de rencontrer Flannery O'Connor, et Blanche ne manquait pas de le glisser dans presque toutes les conversations.

Peut-être pour contrarier leur mère, ses enfants, Remshart et Daisy, avaient adopté un furieux accent de Brooklyn et un débit saccadé qui réclamait toute l'attention de leurs interlocuteurs. À l'instar des autres riches garçons blancs de son lycée, Remshart, seize ans, portait les vêtements de marque prisés par les rappeurs. Daisy, dix-huit ans, était un genre Marie-couche-toi-là, au caractère difficile. J'avais hâte de les voir.

Au moment où nous nous apprêtions à partir en ville, le téléphone a sonné. J'ai répondu : c'était Mitchell, qui me prévenait qu'il y avait un colis. Mitchell passait-il sa vie dans sa guérite ? Je lui ai dit d'envoyer le coursier et suis allée ouvrir. Un type en pull à col roulé se tenait sur le pas de la porte, une bouteille enveloppée de papier rouge à la main ; il m'a demandé de signer le reçu.

Ma mère se séchait les cheveux. Je lui ai apporté la bouteille. Elle a éteint le sèche-cheveux et lu le bristol. « De la part d'Anthony, du Liquor Barn. C'est vraiment gentil ! C'est la première fois qu'il envoie quelque chose. » Elle a défait le papier – c'était une bouteille de champagne. « Ouh ! Du champagne ! Mets-le au réfrigérateur, veux-tu ? »

Tout étourdie de plaisir, j'ai descendu la bouteille à la cuisine où j'ai trouvé Ron qui lisait le journal. « Regarde, du champagne !

— Pardon ?

— C'est le Liquor Barn qui régale. »

Je me suis servi une tasse de café.

« C'était sympa, non ? a dit Ron en me regardant fixement.

— Pardon ?

— Je t'ai vue flirter avec ce barman l'autre soir.

— Je ne sais pas de quoi tu parles. » J'ai rangé la bouteille dans le frigo et la bouffée d'air frais m'a fait du bien.

« Ho, ho, ho ! a fait l'oncle Wallace en ouvrant la porte.

— Joyeux Noël ! » ai-je répondu en lui offrant ma joue. Oncle Wallace l'a ignorée et a planté un gros baiser humide sur mes lèvres, avant de se tourner vers Madeline. En m'avançant dans l'appartement, je suis tombée sur Remshart, en survêtement flottant et casquette de base-ball de travers, une serviette sur les épaules. Il parlait à voix basse dans son portable. « Bonjour, Remy. » Il a couvert l'appareil avec sa main. « Salut, cousine.

— Caroliiine ! » C'était tante Blanche, sortant de sa cuisine en robe longue, archi-poudrée, les cheveux savamment ondulés. Elle m'a attirée dans ses bras et j'ai senti son parfum, Chantilly Lace. « Ma chérie, tu es vraiment de plus en plus jolie. » J'avais pris soin de mettre une jupe, pour que ma mère ne me fasse plus de commentaires sur les pantalons moulants.

« Merci, tante Blanche.

— Tu veux une citronnade ?

— Volontiers. »

Daisy est arrivée alors que nous en étions à la

75

crème de crevettes. Elle était maigre et en sueur. « Daisy, a crié tante Blanche, regarde qui est là ! »

Daisy s'est appuyée contre l'encadrement de la porte, les bras croisés sur sa blouse paysanne. Elle avait des cernes autour des yeux. « Daisy a fait un "bœuf" cette nuit », a expliqué tante Blanche, en utilisant ses index pour former les guillemets autour du mot « bœuf ».

Daisy l'a regardée fixement.

« Daisy, trésor, parle-leur de ton "groupe d'impro", a insisté Blanche, avec le même mouvement des doigts.

— Dieu nous en garde ! a soupiré oncle Wallace. Alors, Ron, aurais-tu quelques bons tuyaux boursiers pour moi ?

— À vrai dire, je ne sais pas, a répondu Ron.

— Madeline a une nouvelle à vous annoncer ! a lancé ma mère d'une voix stridente.

— Maman, je t'en prie… » Ma sœur a levé les mains, comme pour l'empêcher de continuer.

« C'est vrai ? s'est écriée tante Blanche, soulagée de ne plus avoir à parler de Daisy, qui entre-temps était partie dans sa chambre en chantant *Sugar Magnolia* à tue-tête. Remshart, mon cœur, pourrais-tu lâcher ton téléphone et venir écouter ce qu'a à nous dire Madeline ?

— Non, a dit ma sœur, vraiment, il n'y a pas de nouvelles… » Elle a lancé un regard noir à ma mère. « Maman, tu m'avais promis… »

Remshart est entré dans la pièce d'une démarche assurée. « Alors, qu'est-ce qui se passe ?

— Eh bien… , a commencé ma mère, les yeux brillants.

— Ôte cette serviette de tes épaules, veux-tu, trésor ? a risqué tante Blanche.

— Non.

— Ne parle pas comme ça à ta mère, a grondé oncle Wallace, rouge de colère.

— On se calme, a fait Remshart.

— Non, mais tu te prends pour…

— Maddy ? Chérie ? l'a coupé ma mère.

— Je crois qu'ils appellent cette serviette un "do rag", a expliqué Blanche. Les Noirs, je veux dire. »

À cet instant, oncle Wallace était à deux doigts de frapper son fils ; Daisy, ainsi nommée à cause de la douce Daisy sortie des rêves de Scott Fitzgerald, était prête à laisser tomber ses études pour suivre les tournées du groupe Phish ; tante Blanche tendait la main vers son paquet de cigarettes et ma mère était sur le point de craquer. Heureusement, notre sauveur de Noël, en la personne de mon beau-frère Ron, est sorti de la cuisine en levant bien haut la bouteille de champagne du Liquor Barn qu'il avait eu la bonne idée d'apporter.

« J'ai une grande nouvelle, a-t-il annoncé. Nous allons avoir un bébé ! » Et il a fait sauter le bouchon.

Pendant tout le dîner, nous avons porté des toasts au futur bébé. Même Remshart semblait tout excité. Daisy, après avoir picoré quelques haricots verts, a suggéré à Madeline de prénommer le bébé Forbin, puis est retournée dans sa chambre. Madeline souriait poliment. Elle semblait soulagée que la nouvelle de sa grossesse fût désormais connue de tous et s'est même autorisé une ou deux gorgées de vin, après que ma mère et Blanche l'eurent assurée qu'elles avaient bu pendant toutes leurs grossesses, sans que cela portât à conséquence.

Ron, les joues rougies par le bon vin, paraissait sincèrement apprécier les histoires de l'oncle Wallace à propos de ses clients millionnaires – un prince d'Arabie saoudite qui voulait passer sa lune de miel à Las Vegas et avait loué le Taj Mahal, un magnat du multimédia rêvant de traverser le désert à dos de chameau. « Je voulais emmener Blanche en Italie pour fêter Noël, a-t-il conclu d'un air pensif.

— Mais regardez ce que je voulais, moi », a dit Blanche en tendant son poignet auquel étincelait un bracelet de diamants. J'ai soudain eu pitié de ma mère, à qui personne n'offrait de bijoux. Moi qui lui avais simplement offert une bouteille de Hurricane[1] de chez Pat O'Brien's, avec deux verres.

Après la dinde et le pudding arrosé de sauce au whisky, nous avons regardé la télévision dans une torpeur somnolente. Ma mère avait abusé du vin blanc pétillant. En entrant dans la cuisine, elle est tombée sur Remshart qui mangeait des cookies et s'est mise à hurler, croyant qu'il s'agissait d'un voleur. Il était temps de rentrer à Holt.

« Je sais pourquoi tu l'as pris pour un voleur, Izzy, a dit Blanche en nous raccompagnant à la porte. Avec cette capuche sur la tête et cette serviette sur les épaules... »

---

1. Le plus célèbre cocktail de La Nouvelle-Orléans, à base de rhum très fort et de jus de fruits. *(N.d.T.)*

Le trajet de retour a été silencieux. Madeline et ma mère se sont endormies ; Ron écoutait du rock en sourdine. « J'adore Phil Collins », lui ai-je dit. Il a répondu par un grognement.

À la maison, une fois tout le monde couché, je suis restée assise près du sapin, à feuilleter des magazines féminins. J'étais supposée rentrer à La Nouvelle-Orléans le lendemain. J'avais promis à Jimbo de travailler pour le jour de l'An, une nuit lucrative au Highball, mais toujours un peu bizarre.

J'ai décidé d'aller faire un tour en voiture ; j'ai passé le manteau en laine de ma mère et enfilé les bottes de Madeline. Nous faisions exactement la même taille pour tout, sauf pour les pantalons, mais maintenant, avec sa grossesse, elle allait rattraper mes rondeurs dues à mon penchant pour les boissons alcoolisées et les hot dogs. Une fois dehors, j'ai regardé le ciel sans étoiles.

Dans le garage, la Mercedes encore chaude sentait le parfum de ma mère. J'ai démarré, en priant de ne réveiller personne, pressé le bouton d'ouverture automatique du garage, remonté l'allée en marche arrière et suis passée devant Mitchell qui dormait comme une souche dans sa guérite.

Les rues de Holt étaient silencieuses et les fenêtres des maisons illuminées de bougies de Noël. J'ai longé le lycée, la banque, la bibliothèque. J'ai roulé vers notre ancien quartier, où nous habitions du vivant de mon père et quand Ellie était encore avec nous. Je suis passée devant notre maison, grande et paisible dans la nuit enneigée.

Comme nous avions été malheureuses dans ces pièces hautes de plafond.

J'étais complètement réveillée et ne savais où aller. Il y avait un bar près de la gare, le Holt Grill ; j'ai obliqué à gauche, espérant qu'il soit ouvert. Il l'était.

Il avait été entièrement rénové ; quand j'étais petite, il s'appelait le Holt Hamburgers. On y vendait les meilleurs cheeseburgers du monde, épais, avec la viande préparée à la main, et les bâtonnets à la mozzarella les plus croustillants qui soient. J'avais commencé à traîner dans les bars après la disparition d'Ellie ; l'arrière-salle enfumée du Holt Hamburgers était l'un des endroits où je trouvais toujours quelqu'un pour me verser un peu de bière, servie dans des pichets en plastique.

Je me suis frayé un chemin jusqu'au bar, entre des tables recouvertes de nappes en coton, mais je n'ai pas vu de pichet en plastique. J'ai commandé un scotch au barman, un ado à l'air irlandais, et je me suis assise sur un tabouret. Je ne voyais pas le juke-box, mais j'entendais des chants de Noël. Il y avait quelques petits groupes de gens bien habillés. Je me suis demandé s'il arrivait aux habitants de Holt de porter des survêtements. Dans ma ville natale, je me suis toujours sentie mal fagotée, jamais à la hauteur de rien. Alors que je sirotais mon scotch, une main s'est posée sur mon épaule.

« Je savais bien que c'était vous », m'a dit Anthony.

J'ai piqué un fard et porté la main à ma joue.

« Je ne voulais pas vous faire peur, a-t-il repris en souriant. Je peux vous offrir une bière ? »

Je lui ai montré mon verre. « Je suis au scotch.

— Ah, très bien. » Anthony a jeté un coup d'œil par-dessus son épaule en direction d'un groupe de gens : ses amis, sans doute.

« À propos, merci pour le champagne. »

Il a haussé les épaules. « Ne me remerciez pas. Nouvelle politique de la maison. »

J'ai plongé le nez dans mon verre. « C'est vrai ?

— Non. » J'ai relevé la tête et l'ai regardé dans les yeux. « Ma famille est venue passer les fêtes à la maison », m'a-t-il expliqué, puis il a ajouté en baissant la voix et en levant les yeux au ciel : « Ils avaient besoin d'un petit extra, ce soir. » J'ai ri. « Caroline, ça vous dirait une... une balade avec moi, demain ? » m'a-t-il proposé.

J'ai répondu d'accord, en pensant *une balade, vraiment* ?

« Je viendrai vous chercher. Vers midi, ça ira ? »

J'ai souri. « D'accord.

— Super. »

Je suis rentrée lentement à la maison, au milieu des flocons de neige. J'ai pensé à Anthony et je me suis sentie vaguement heureuse, même après avoir réveillé ce pauvre Mitchell. J'ai garé la voiture dans le garage tiède.

Ma mère était dans le salon, assoupie sur le canapé à côté de l'arbre de Noël, bien au chaud dans sa robe de chambre molletonnée. Sur ses genoux était posée une chemise en carton, pleine de papiers.

J'ai enlevé mon manteau ; une odeur de fumée

et de bière imprégnait mes vêtements. J'ai essayé d'ôter mes bottes sans faire de bruit. « Caroline ?

— Bonsoir, maman. Je suis allée faire un tour.

— Viens par ici, trésor. » Ma mère s'est redressée et a commencé à rassembler ses papiers.

Je me suis avancée vers elle. « Maman, mais qu'est-ce que tu fais là ? Tu devrais être dans ton lit.

— Caroline, il faut que je te parle. » Elle a pris ses lunettes sur la table basse et les a chaussées.

« À t'entendre, c'est sérieux...

— C'est sérieux. Assieds-toi.

— Maman...

— Chut, parle plus bas, s'il te plaît. » J'ai pris place à ses côtés. Elle a ouvert la chemise cartonnée. « Je veux que tu m'écoutes jusqu'à ce que j'aie fini, d'accord ? Et ne me dis pas que je suis folle.

— Promis, maman. »

Elle a pris une profonde inspiration. « L'année dernière, j'ai trouvé cette photo dans un magazine. » Elle a levé un bout de papier tout fin et l'a placé sous la lumière.

J'ai soupiré. « Non, encore une photo...

— Caroline, celle-ci est différente. Je t'en prie, regarde. » J'ai regardé : c'était la photo d'un Indien en costume traditionnel, avec une coiffure à plumes, qui exécutait une sorte de danse. La légende disait : « Danse au rodéo de Arlee ».

« Tu la vois ? m'a demandé ma mère.

— Maman, c'est un homme, un Indien. C'est quoi, cette histoire ?

— Regarde dans les tribunes, derrière l'Indien. »

J'ai scruté la photo. Les gens dans la foule étaient flous. J'essayais de penser à une façon aimable de dire à ma mère que je voulais aller me coucher, quand je l'ai vue. Une femme en jean et chemise à manches courtes, face à l'objectif. Des cheveux bruns attachés en queue-de-cheval, un visage éclairé par un grand sourire. J'ai eu la respiration coupée. C'était son sourire. C'était elle.

« Où as-tu trouvé cette photo ?

— Dans *People Magazine*. Un article sur le Montana.

— Maman, c'est elle. »

Le soulagement l'a inondée tout entière.

« C'est elle, n'est-ce pas ? Ma petite fille. »

11

Du bureau de
AGNES FOWLER

Chère Louise,

Merci pour votre carte de vœux. J'espère que vous avez passé d'excellentes vacances aussi. J'ignore comment vous avez connu mon père, mais il faut que vous sachiez qu'il n'est plus parmi nous. Autrement dit, il est mort.

C'est arrivé il y a six mois, Louise, par un après-midi ensoleillé ; je rentrais de la faculté à pied. Je venais de passer un examen intitulé « Introduction à James Joyce », et, comme je ne comprenais toujours pas de quoi parlait *Finnegans Wake*, j'avais rédigé un essai, qui a obtenu une mention, sur *Portrait de l'artiste en jeune homme*.

Je veux dire par là que je me sentais détendue.

Je vivais avec mon père. J'aurais sans doute dû déménager, mais il répétait sans cesse que j'étais la lumière de sa vie. J'imagine que j'aimais être la lumière de la vie de quelqu'un.

Cet après-midi de juin, j'espérais le persuader de venir dîner au restaurant. Il se disait « inventeur » depuis la fermeture du dépôt de bois et passait le plus clair de son temps à bricoler au sous-sol. Je pensais l'emmener manger une pizza au Bridge, ou alors à la Piñata, au centre commercial.

Je ne sais pas pourquoi je me souviens de ce détail, mais c'est ainsi : les dalles de pierre qui menaient à la porte d'entrée étaient tièdes. J'ai ôté mes sandales et suis restée là une minute à me réchauffer la plante des pieds, puis j'ai remis mes sandales avant de franchir le seuil. Mon père n'aimait pas que l'on marche pieds nus.

Bon, je vous passe les détails déprimants. Mon père était au sous-sol. Il paraissait endormi, la tête posée sur son établi. Depuis son cadre, le portrait de ma mère le regardait. Attaque cérébrale massive, m'a-t-on dit.

J'avoue que les fêtes de Noël n'ont donc pas été des plus gaies. Je pensais acheter un sapin et une dinde, mais le cœur n'y était pas. J'ai bu trop de vin en regardant la soirée de Noël à la télé et je suis allée me coucher. Un bon point pour la télé : ils ne prennent pas de congés. Ils ne vont pas à Disney World, comme ma chef, Frances, ni à Seattle rendre visite à leurs frères, comme Sally Beesley, la responsable du centre de ressources. La télé, elle reste là où vous l'avez mise, prête à l'emploi.

Je vous en prie, Louise, n'envoyez pas de fleurs. J'ai réussi à me débarrasser de toutes les fleurs et de toutes les boîtes Tupperware.

Bien amicalement,

Agnes Fowler

12

C'était le jour où nous avions décidé de partir pour La Nouvelle-Orléans. Je fumais une cigarette devant l'entrée des classes de terminale et je regardais l'entraînement de l'équipe de tennis. Cette équipe était le symbole même de tout ce que je détestais à Holt : des queues-de-cheval blondes et du sérieux. Ma mère était une obsédée du tennis ; Madeline jouait dans l'équipe des cadettes du lycée. « À moi de servir ! » a crié Kitty Jacob, qui trottinait joliment dans son short. Moi, j'étais nulle au tennis. J'étais pom-pom girl, mon travail consistait à fumer et à applaudir. Un jour, mon père a jugé que trente-huit dollars pour une jupe et un haut de pom-pom girl, c'était trop cher ; j'aurais pu me les payer moi-même, mais au lieu de cela, j'ai laissé tomber.

« Je l'ai ! » s'est écriée l'étudiante anglaise venue passer l'année scolaire à Holt ; sa jupette s'est soulevée quand elle a rattrapé la balle.

Je me suis levée ; j'ai écrasé ma cigarette, jeté un coup d'œil alentour et je suis partie.

Voler l'Oldsmobile n'a pas été difficile. Quand je suis arrivée à la maison, ma mère était au lit ; les clés de la voiture se trouvaient dans son sac à main. Je me suis arrêtée sur le seuil de sa chambre et je l'ai regardée dormir. C'était ma mère, je l'aimais, mais j'aimais encore plus mes sœurs, et je devais faire un choix.

J'ai roulé lentement jusqu'à l'école où m'attendait Madeline, gravant ma ville natale dans ma mémoire. Les filles de l'équipe de tennis, assises sur le gros rocher devant l'école, pouffaient de rire et jacassaient. À quelques mètres d'elles, Madeline, debout, tête baissée, donnait des coups de pied dans sa raquette. Quand je me suis arrêtée, elle a couru à la voiture. Personne ne lui a dit au revoir ; aucune des joueuses ne s'est tournée vers elle. Pourtant, n'était-elle pas aussi belle que les autres ? Sa queue-de-cheval était parfaite et son K-way noué autour de la taille exactement comme il le fallait. Madeline aurait dû être la reine de ces filles rieuses ; je me suis promis qu'à La Nouvelle-Orléans, elle deviendrait quelqu'un.

« Zut, ai-je dit, j'avais oublié que tu avais cette raquette.

— Je jouerai peut-être à La Nouvelle-Orléans.

— Peut-être. »

Ellie ne se trouvait pas à la sortie de son école. Elle devait nous attendre sur la bande de gazon devant le parking. En général, les parents d'élèves empruntaient l'allée circulaire jusqu'à l'école, mais nous ne voulions pas prendre le risque d'être vues. Je me suis garée au bord du trottoir et nous avons attendu.

« Où est-elle ? ai-je demandé.

— Je ne sais pas », a répondu Madeline, qui s'amusait à passer ses doigts dans le tamis de sa raquette. Elle a pris une profonde inspiration et lâché : « Je ne crois pas que nous devons fuguer.

— Tais-toi », ai-je répondu.

Elle a commencé à pleurnicher, disant qu'elle s'était disputée avec Ellie. Je lui ai demandé de se calmer. Elle a donné un coup de pied dans le tableau de bord, détourné la tête et croisé les bras sur sa poitrine. Au bout d'une demi-heure, tous les enfants avaient quitté l'école ; le parking était vide. Nous avons regardé le bâtiment désert. La cage aux écureuils étincelait au soleil et la balançoire était immobile.

« Qu'est-ce qui se passe ? a demandé Madeline.

— Quelqu'un a dû la raccompagner, ai-je affirmé, alors que je n'étais sûre de rien. Ellie a dû monter dans la voiture avec Mme Lake. » J'ai soupiré et démarré l'Oldsmobile.

« Qu'est-ce qu'on fait ? a demandé Madeline.

— Je crois qu'on va rentrer à la maison. »

Tout en roulant, je cherchais Ellie des yeux. J'ai pensé qu'elle m'avait attendue ailleurs et, ne me voyant pas arriver, était rentrée à pied. J'étais agacée, mais pas vraiment inquiète. Toute mon adrénaline – l'énergie avec laquelle j'avais préparé notre plan d'évasion – s'était envolée et je me sentais fatiguée, vidée.

Je clignais des yeux pour me protéger de la lumière aveuglante de cette fin d'après-midi et cherchais ma petite sœur le long des trottoirs tachetés de soleil. J'ai ralenti et jeté un coup d'œil à l'intérieur du Seafood Shack, où nous allions de temps en temps acheter des crevettes sautées.

Nous l'avons cherchée dans Sycamore Lane, dans tout Hillside Village. Madeline ne disait rien. Elle avait baissé sa vitre à moitié et, les doigts agrippés à celle-ci, fouillait les rues du regard. J'avais un nœud à l'estomac, la sensation que les choses avaient mal tourné. Je voulais seulement voir Ellie, son sourire édenté. J'étais supposée être son héroïne : nous aurions dû être en train de rouler vers la félicité, sur la I-95.

J'ai garé l'Oldsmobile et suis entrée dans la maison, Madeline sur les talons, traînant les pieds. Notre mère, assise à la table de la cuisine, gribouillait sur son cahier.

« Où étiez-vous ? a-t-elle demandé en fixant sur nous un regard trouble.

— Je suis allée chercher Madeline au tennis.

— Oh, zut ! J'ai manqué un tournoi ?

— Non, a répondu Madeline sèchement.

— J'ai cru entendre la porte du garage claquer », a remarqué ma mère en me regardant. J'ai secoué la tête. « Mme Lake nous a raccompagnées.

— Où est Ellie ? » a demandé Madeline.

Ma mère a pincé les lèvres. Je voyais bien qu'elle réfléchissait. « Pourquoi tu me demandes ça ?

— Maman, où est Ellie ? Est-ce que tu sais où elle est ?

— Je pensais qu'elle était avec vous. Je croyais que... »

Elle n'a pas terminé sa phrase. Nous sommes restées toutes les trois immobiles. La lumière du jour diminuait ; de longues ombres entraient par les fenêtres et la porte vitrée coulissante. Ma mère a refermé son cahier. « Elle dort peut-être », a-t-elle suggéré, sans trop y croire.

Nous avons commencé à l'appeler. Nous avons cherché dans toute la maison, fouillé chaque pièce. Nous sommes montées toutes les trois dans l'Oldsmobile et avons fait le tour du voisinage, en l'appelant, comme on cherche un chiot qu'on a perdu. En rentrant à la maison, ma mère a prévenu la police. Pendant ce temps, j'ai sorti nos taies d'oreillers de la voiture, je les ai vidées, j'ai rangé sur un cintre la robe que je m'étais imaginé porter à La Nouvelle-Orléans pour travailler et j'ai fourré les ours Gummi d'Ellie dans son tiroir à chaussettes.

Cette nuit-là, je me suis réveillée : Madeline était devant la porte de ma chambre. « Caroline, j'ai peur. Je peux dormir avec toi ? » J'ai repoussé les couvertures et elle a grimpé dans mon lit. J'ai pensé à Ellie qui dormait sur le côté, les genoux remontés contre la poitrine, la tête sous la couverture. Nous nous sommes pelotonnées l'une contre l'autre, essayant de nous tenir chaud.

Nous avons attendu à la maison. Je crois que j'espérais un message d'Ellie, un signe secret. C'était peut-être moi qui avais gâché notre plan. Lui avais-je dit de nous retrouver ailleurs ? J'ai rêvé qu'elle nous attendait derrière le cornouiller, dans le jardin, mais quand je suis allée vérifier le lendemain matin, il n'y avait personne. Je me suis assise dans ma penderie, j'ai fermé les yeux et pressé les doigts sur mes tempes ; je réfléchissais si fort que la tête me tournait. À côté de quoi étais-je passée ? Quelle erreur avais-je commise ? Une chose était claire : j'étais responsable de sa disparition.

Le lendemain matin, nous avons emmené les policiers à l'école ; ils ont interrogé les instituteurs, les élèves qui auraient pu la voir à la sortie. La police a ratissé la ville. Les gens ouvraient leur porte en souriant, puis, en apprenant la nouvelle, portaient leurs mains à leur bouche ou cherchaient un appui sur le mur. Nous n'allions plus à l'école. Mon père restait à la maison, à boire dans le salon de télé. Ma mère, brusquement sortie de sa léthargie, a entamé une recherche frénétique qu'elle ne devait plus jamais abandonner. Elle a fait des photocopies d'une photo d'Ellie prise au Pronto River à Port Chester et les a punaisées dans toute la ville. Elle a téléphoné à tous les habitants de Holt qui étaient dans l'annuaire, de la lettre A jusqu'à la fin de l'alphabet.

Au bout de deux jours, l'inspecteur chargé de l'enquête, un jeune policier blond, au teint clair et aux yeux bleus, a paru inquiet. Il a parlé à ma mère, qui s'est mise à pleurer, et on a bien cru qu'il allait pleurer aussi.

Nous avons appris plus tard, que, passé un délai de quarante-huit heures, les chances de retrouver une personne disparue diminuaient de façon significative. La photo d'Ellie est parue à la télé et dans tous les journaux. Des journalistes faisaient le siège de la maison. Tard le soir, je les entendais ouvrir des canettes de bière et rire sur notre pelouse. Le matin, ils buvaient du café dans des gobelets en carton.

13

À la lumière de l'arbre de Noël, le visage de ma mère rayonnait. « Tu peux la retrouver ? m'a-t-elle demandé. Tu pourrais peut-être aller là-bas... » Elle a baissé les yeux vers la coupure de presse. « À Arlee, Montana. Je paierai tout.

— Maman, ce ne peut pas être vraiment elle, lui ai-je fait observer, bien que mon cœur battît la chamade.

— Mais si c'est elle ? »

J'ai secoué la tête et regardé la photo : la fille me ressemblait, ressemblait à Madeline. À ma mère, aussi, avec ses petites rides autour des yeux. Et elle avait la même couleur de cheveux qu'Ellie : châtain clair, dorés par endroits. « La photo date de l'an dernier ? » ai-je demandé.

Ma mère a hoché la tête. « Réfléchis, Caroline. Je sais que c'est de la folie, mais avant... avant que nous laissions cet avocat entamer la procédure... il faudrait être sûres, non ?

— Je ne peux pas partir comme ça, ai-je bredouillé.

— Je sais, trésor. Mais fais-le pour moi. »

Elle est allée se coucher et j'ai examiné la photo. Tout de même, je partageais un peu le point de vue de Madeline : si Ellie était vivante, s'extasiant devant un foutu rodéo, pourquoi ne nous aurait-elle pas appelées ?

J'étais épuisée. Je ne voulais pas penser à Ellie. Je suis montée dans ma chambre et j'ai enfilé ma chemise de nuit ; il m'a fallu du temps pour trouver le sommeil.

Je sens son souffle murmurer dans ma figure : *Caroline.* Un baiser sur mon front. *Au revoir, Caroline.* Je veux revenir à la réalité, émerger, j'ouvre les yeux.

« Ellie ? »

Madeline paraît étonnée. « Non, c'est moi. » Elle repousse mes cheveux de mon front. « Seulement moi. » Je cligne des yeux.

« Je suis réveillée ?

— Je ne sais pas. Nous partons, Caroline. Fais un bon voyage de retour. »

Je me suis redressée dans mon lit, mais je n'ai pas cherché à la retenir. Il y avait tant de choses dont nous n'avions pas parlé, tant de non-dits entre nous. Elle a déposé un baiser d'adieu sur ma joue, en laissant du rouge, et est sortie de la chambre.

Lorsque je suis descendue, après m'être douchée et avoir mis du mascara, ma mère a failli laisser tomber son journal. « Oh, chérie ! Mon Dieu, quelle tête tu as !

— Bonjour, maman.

— Dis, j'ai pensé que nous pourrions faire les soldes d'après Noël. On pourrait commencer par la

Galleria et puis passer chez Bloomingsdale's et chez Neiman's. On pourrait même déjeuner... » Elle n'a pas fini sa phrase. « Caroline ? »

J'ai levé les yeux. « Oui, maman ?

— Tu m'as l'air à des années-lumière. »

J'ai rougi. « C'est que... tu comprends... j'ai rendez-vous... »

Ma mère a plissé les yeux. « Chez le coiffeur ?

— Non... »

Elle a haussé un sourcil. « Chez la manucure ? » J'ai secoué la tête. Son visage s'est illuminé. « Un rendez-vous galant ?

— Non, maman, pas vraiment.

— Attends, attends. » Elle tremblait presque en courant jusqu'au four. « Je vais faire des muffins. Je veux *tous les détails* ! » Elle a coupé deux muffins d'une main experte et les a enfournés. « Du beurre ? Du miel ?

— Oui, maman. Tu sais, il n'y a pas grand-chose à... »

Elle a levé la main, comme si elle réglait la circulation. « Stop ! Attends que les muffins et le café soient prêts. »

J'ai commencé à rire. Depuis la mort de mon père, elle avait rajeuni, ressemblant chaque jour davantage à l'inconnue qu'il avait épousée, retrouvant l'énergie qu'une vie conjugale ratée, puis la disparition d'Ellie, lui avaient fait perdre. Elle a attendu, impatiente, que les muffins se décident à griller, les a déposés sur une assiette en porcelaine et les a généreusement tartinés de beurre et de miel. Elle a rempli nos deux tasses, s'est attablée et a tapoté la chaise à côté d'elle. « Assieds-toi ! Je suis prête ! » Je ne lui avais jamais parlé d'un seul de mes petits amis. En fait, je ne lui avais pratiquement jamais rien dit de ma vie. J'ai souri.

« Tout a commencé l'autre soir, à Noël... »

Avant l'arrivée d'Anthony, ma mère m'a convaincue de me maquiller. Une touche d'ombre à paupières et de rouge à lèvres. Elle m'a fait les ongles et a passé des boucles en or dans mes oreilles. Pas question que je porte un tee-shirt et un jean ; elle m'a prêté un twin-set en cachemire pastel et un pantalon en velours côtelé. Et les chaussures ? Pas question de mettre mes Converse. Non. Des jolis mocassins. En descendant l'escalier, je l'ai entendue bavarder avec Anthony. Assis sur la causeuse, il avait une chope de cidre à la main et une assiette de cookies au gingembre sur les genoux. « La voilà ! » a dit ma mère en se levant. Elle m'a examinée de la tête aux pieds, d'un air appréciateur.

Anthony portait un jean et de grosses chaussures de marche.

« Salut. » Il m'a regardée dans les yeux, sans pouvoir s'empêcher de sourire. Il s'est levé et l'assiette de cookies s'est écrasée par terre. « Oh, pardon !

— Ce n'est pas grave. Ne vous faites pas de souci ! a gazouillé ma mère en courant chercher un balai.

— Vous êtes superbe, m'a dit Anthony.

— Vraiment ?

— Oui, mais vous allez avoir besoin de chaussures de marche, ou de bottes. Je pensais faire une balade dans la neige.

« — Des baskets, ça irait ?

— Oui. Je ne veux pas que vous abîmiez vos jolis mocassins. »

J'ai couru à la cuisine embrasser ma mère. « Pourquoi as-tu mis ces chaussures *hideuses* ? a-t-elle murmuré, au désespoir.

— Je t'expliquerai plus tard. »

Anthony était venu en camionnette. En grimpant dedans, j'ai failli faire éclater les coutures du pantalon. « Allons-nous quelque part où je puisse porter du cachemire ? » Anthony a paru mal à l'aise. « Hé, je plaisante. C'est ma mère qui m'a habillée. »

Il a levé les sourcils et poussé un profond soupir en secouant la tête. « Ah, les filles de Holt...

— Les filles Winters. Avez-vous connu Madeline au lycée ? »

Anthony a fait un signe à Mitchell, dépassé la guérite et tourné à gauche. « Elle était plus jeune que moi, mais je savais qui elle était.

— À cause d'Ellie. »

Il a grommelé quelque chose.

« Et de mon père.

— Holt est une petite ville. » Anthony a posé la main sur mon genou, et je ne l'ai pas enlevée. « J'ai entendu parler de vous, aussi. Caroline Winters, la sauvageonne.

— Quoi ?

— Vous avez laissé un sacré souvenir à tout le monde, quand vous êtes partie en pension, vous savez.

— Arrêtez... »

96

Je n'avais jamais vraiment pensé à ce qui avait pu se dire dans mon dos après mon départ.

«Bon, a repris Anthony, vous voulez connaître le programme ?

— Je repars à La Nouvelle-Orléans ce soir, donc je ne dois pas rentrer trop tard. »

Anthony a hoché la tête. «Désolé, si je vous ai contrariée, a-t-il dit gentiment.

— Non, non, ça va. »

Il est resté silencieux un long moment. Arrivé au Holt Nature Center, il a garé sa camionnette. «Nous y voilà. » Il a ouvert la portière, m'a pris la main et m'a serrée contre lui au moment où je descendais. « Pardon. » Je suis restée toute raide, même si ses bras étaient accueillants. J'avais envie de rentrer chez moi, de parler à ma chatte Georgette. Je n'avais pas envie d'être là, à flirter avec le propriétaire d'un magasin de spiritueux. Plus j'y réfléchissais, plus je me disais qu'Anthony avait dû bien connaître ma famille : mon père achetait au Liquor Barn l'alcool qui l'avait tué. Anthony avait fréquenté le même lycée que Madeline et probablement passé plus de temps chez ma mère que moi.

Il m'a lâchée et a sorti un panier de pique-nique de l'arrière de la camionnette. Un panier ancien, en osier, avec un couvercle à rabat. «Allez, venez, je ne dirai plus rien. »

Il est passé devant et je l'ai suivi. La neige crissait sous nos pieds. J'ai vu des empreintes – lapins ? chevreuils ? – mais nous étions les premières personnes à emprunter ce sentier depuis la dernière chute de neige. Je n'étais pas venue souvent au

Nature Center, sauf quelques fois pour des sorties avec l'école. Marcher me faisait du bien, je sentais mon sang circuler enfin dans mes veines.

Nous avons atteint une clairière. «Vos baskets ne sont pas trop mouillées?

— Ça va. »

Il s'est arrêté près d'un banc, au soleil. «Vous n'avez pas trop froid?

— Non. »

Il a étalé une couverture par terre, s'est assis et a ouvert son panier. «J'espère que vous avez faim. » J'ai hoché la tête et me suis assise à ses côtés.

Il a sorti un pain croustillant. « C'est bien, il est encore chaud, a-t-il dit en me le tendant. J'ai cuisiné toute la matinée, a-t-il ajouté timidement. Des lasagnes.

— Vous faites souvent la cuisine?

— Oui. »

Il a sorti du raisin et une bouteille sans étiquette. «J'ai de très bons vins au magasin, mais comme je sais que vous aimez la bière, j'ai apporté une spéciale Anthony Sorrento.

— Pardon?

— Je l'ai brassée moi-même, à l'automne. C'est de la brune. J'espère que vous n'êtes pas trop difficile.

— Non. J'achète des canettes, en fait. De la Budweiser. »

Il a ouvert la bouteille et m'a servi un verre. La bière était lourde et épaisse. «J'adore ça, ai-je dit.

— Tant mieux. J'en ai plein. » Il a défait la lanière qui maintenait les assiettes, étalé une serviette sur mes genoux et m'a donné une grande cuillère. « Servez-vous. »

Nous avons mangé en silence, détendus. Cette journée de décembre était belle ; de temps en temps, on entendait une voiture passer au loin. Tout était délicieux : le parfum d'origan, les tomates, les raisins acidulés, les tartines de pain beurré, la bière brune. « Parlez-moi un peu de vous », ai-je proposé.

Anthony s'est allongé sur la couverture, appuyé sur un coude. « J'ai grandi ici. Je jouais au football. J'ai fait toute ma scolarité à Cornell. Mon grand projet, c'était d'ouvrir un restaurant dans une île, sous les tropiques, mais mon père m'a demandé de reprendre son affaire. Je pensais faire ça quelques années et puis partir... voir le monde, comme vous. Étant l'aîné de six enfants, j'espérais que l'un de mes frères prendrait le relais. » Il a soupiré. « Mais ça ne s'est pas passé comme je voulais.

— Je ne peux pas croire que vous ne soyez pas marié. » Comme il demeurait silencieux, j'ai ajouté : « Je veux dire, j'ai l'impression que tout le monde est marié, à Holt. »

Son visage s'est assombri. « Je l'ai été.

— Je suis désolée. Je ne voulais pas...

— Jennifer travaillait à Windows on the World[1], a-t-il dit d'une voix rauque. Nous avions prévu de mettre de l'argent de côté pendant quelques années, puis d'ouvrir quelque chose, dans un endroit... insolite. La nuit, nous cherchions à repérer sur des cartes l'endroit idéal. Il

---

1. Célèbre restaurant panoramique qui était situé au dernier étage de la tour nord du World Trade Center. (N.d.T.)

devait s'appeler Sorrento's by the Sea. Le 11 septembre, elle était au travail, comme d'habitude. Quand le premier avion a heurté la tour, elle a appelé le magasin, mais j'étais dans l'arrière-boutique. Mon frère Danny a pris le message. Elle disait qu'elle m'aimait. Le temps que je la rappelle, elle n'a plus répondu.

— Oh, mon Dieu. » J'ai tendu la main vers lui, mais je ne savais pas où le toucher ; alors j'ai laissé retomber mon bras. Il fixait sa serviette, en suivant les carreaux du bout du doigt. J'ai bu une gorgée de bière.

« Raté, hein, le rendez-vous galant ? a-t-il dit en se redressant et en se frottant les yeux.

— Non, tout est parfait. » Il s'est penché vers moi et je l'ai embrassé. Ses lèvres douces avaient un goût de bière. Il a pris mon visage dans ses mains, caressé mon cou jusqu'à ma poitrine. Lentement il a déboutonné le manteau de ma mère tout en baisant mes paupières, mes joues, mes lèvres. Il a glissé sa main chaude sous le twin-set ridicule. Un choc violent m'a traversée et je me suis sentie petite et légère dans ses bras. Il m'a enveloppée tout entière, ses lèvres sur les miennes, et nous n'avons plus formé qu'un seul corps, laine et souffles mêlés.

14

« *Rien à foutre !* » ai-je dit à Madeline quand ma mère nous a annoncé qu'elle allait se coucher à quatre heures de l'après-midi. Madeline a haussé les épaules. Nous regardions la télévision dans la cuisine. Cela faisait un an qu'Ellie avait disparu, et depuis ma mère n'avait pratiquement pas quitté sa robe de chambre.

Mon nouveau slogan c'était « *Rien à foutre !* » Je l'avais griffonné sur tous mes cahiers, restés dans mon casier, au lycée. Je n'étais pas retournée en classe depuis des semaines. J'avais autour de moi un groupe d'amis qui me vendaient toutes les drogues possibles et imaginables. Nous allions les uns chez les autres et gobions des champignons dans des sous-sols lambrissés. Nous sniffions des lignes de Ritaline, en coupant les cachets avec des lames de rasoir de nos pères sur les magazines de décoration de nos mères.

Ce soir-là, j'ai fait une sortie sur le bateau de Hugh King. J'aimais la façon dont les vagues claquaient contre la coque. Hugh conduisait très vite. J'aimais la chaleur du Glenfiddich du père de Hugh dans ma bouche. Tard dans la soirée, Hugh m'a déposée devant chez moi et j'ai fait le tour de la maison pour me glisser par la porte vitrée coulissante. En général, à cette heure-là, mes parents étaient déjà coupés du monde, mais cette nuit-là, ils n'étaient pas encore couchés. Quand je suis passée devant la fenêtre du salon de télé, j'ai entendu leurs voix. Je me suis assise en tailleur dans l'herbe et j'ai écouté.

« J'ai une question à te poser, Isabelle. » L'élocution de mon père était ralentie, brouillée.

« Laquelle ? a demandé ma mère d'une voix creuse.

— Est-ce qu'elle était de moi, au moins ?

— Bien sûr, Joseph ! Mon Dieu ! Qu'est-ce que tu vas imaginer ? »

De nouveau le silence. Soudain pleine d'énergie, je me suis relevée et j'ai traversé la pelouse en courant. J'ai fait la roue et j'ai atterri le visage dans l'herbe, hors d'haleine. Il n'y avait pas d'étoiles dans le ciel. J'ai crié, je m'en fous, je m'en fous, je m'en fous.

La nuit suivante, il y avait une soirée dans une chambre d'hôtel à White Plains. On jouait à un jeu ; quand on perdait, il fallait boire de la vodka cul sec. La vodka n'avait aucun goût. Ce goût de rien glissait dans ma gorge. Je suis allée m'allonger sur l'épais tapis éponge de la salle de bains. Le lendemain, je me suis réveillée à l'hôpital.

J'avais mal aux côtes ; les secouristes m'avaient fait un massage cardiaque pour me ranimer. Peu de temps après, on m'a envoyée en pension, où j'ai appris à mâcher du tabac et à tailler des pipes.

15

Du bureau de
AGNES FOWLER

Chère Louise,

Merci d'avoir clarifié votre relation avec mon père défunt. Il adorait en effet acheter des disques au magasin de musique Rockin' Rudy's. J'ai l'intention, pour l'instant, de conserver sa collection. J'aime les écouter en pensant à la façon dont il chantait sur la musique. Moi aussi, je faisais pareil, et parfois il s'arrêtait pour me regarder. Vous ai-je dit à quel point il m'aimait ?

Je prendrai contact avec vous si je décide de vendre ses disques. Mais j'en doute.

Amicalement,

Agnes Fowler

P.-S. : Merci beaucoup pour les fleurs.

16

« Eh ben, j'en connais une qui s'est envoyée en l'air, a lancé Winnie quand je suis arrivée au Highball le mercredi.

— Quoi? » J'ai bu une gorgée de café, que je venais d'acheter au CC's.

« Je flaire ça à des kilomètres, a répondu Winnie. Quand j'aurai fini de servir cet abruti là-bas, je veux entendre tous les détails cochons. » J'ai secoué la tête en riant et je suis entrée dans le bureau de Jimbo.

« Je suis de retour », lui ai-je annoncé. Jimbo buvait du whisky dans une chope de Noël. Il portait son habituel costume trois-pièces.

« Tant mieux. Comment allait la Grosse Pomme?

— Je ne suis pas de New York. Holt est assez loin.

— Bon, Caroline, écoute-moi. Tu m'écoutes? » J'ai hoché la tête.

« J'ai des acheteurs potentiels qui viennent pour le jour de l'An. Un mannequin et son mari. Ils veulent refaire le Highball, le transformer en boîte branchée pour stars de cinéma. »

J'ai regardé le groupe de clients qui passait la porte, une vingtaine de personnes portant des casquettes à visière et des tee-shirts Weight Watchers de La Nouvelle-Orléans. « C'est déjà glamour ici, non ?

— Ha, ha, très drôle. Bon, Caroline, tu m'écoutes ? Pour le jour de l'An, je vous veux toutes supersexy, c'est clair ?

— Supersexy, c'est clair. »

Il s'est penché en avant, tout content. « Je suis prêt à prendre ma retraite. J'ai passé toute ma vie dans cette ville de merde, dans ce bar rotatif de merde. Je me casse. Je vais acheter un immeuble en Floride, à Celebration. Tu le savais, Caroline ?

— Oui, Jimbo. Tu me l'as déjà dit.

— Dessiné par Disney. Tout est organisé dans cette ville. Tout est propre. » Il s'est calé contre le dossier de sa chaise. « Pas de touristes », a-t-il ajouté gaiement en versant une nouvelle rasade de whisky dans sa chope de Noël.

Winnie a proposé de nous offrir à boire, à Peggy et à moi, si je lui racontais tous les détails croustillants. J'ai dit d'accord. Après le travail, nous sommes montées dans sa Cadillac pour aller au Bobby's Bar. Peggy n'y était jamais allée. « J'ai dit à Len que j'avais besoin de passer une soirée entre copines. M'habiller chic, boire des cocktails glacés dans des verres givrés, comme dans *Sex and the City*. Les filles, je suis Samantha Jones ! » Peggy était tellement maigre qu'on se demandait s'il lui arrivait de manger, mais elle avait les épaules larges à force de faire le poirier au yoga. La plupart du temps, elle portait des justaucorps et des collants, comme si elle allait suivre un cours d'aérobic, et non travailler dans un bar.

« Je ne suis pas sûre qu'ils servent des cocktails glacés dans des verres givrés, chez Bobby's », ai-je glissé.

Winnie a levé un sourcil. « Ils ont du Courvoisier ! » Elle portait un manteau d'hiver turquoise. À son doigt brillait une bague que Kit venait de lui offrir. Kit faisait souvent des conneries : il oubliait de rentrer chez lui, ne dansait pas avec Winnie, payait ses bières avec l'argent du loyer. Pour se faire pardonner, il lui offrait des tas de bijoux. Elle adorait les porter tous en même temps. Winnie élevait quatre enfants, dont un seul était de Kit. De son côté, Kit avait deux gosses. Ils vivaient tous ensemble dans une grande maison délabrée, au bord du Mississippi.

Nous sommes sorties du quartier des affaires pour aller du côté de chez moi. « Vous avez entendu parler du Red Lounge ? a demandé Peggy. On devrait peut-être y aller. Ils mettent des roses sur toutes les tables. »

Le Bobby's Bar est situé dans les environs de Tremé, à côté d'un passage souterrain. Winnie a garé la Cadillac et a bloqué le volant avec une barre antivol. « Mais où on est ? » s'est exclamée Peggy. Personne n'a répondu.

Vu de l'extérieur, le Bobby's Bar ne casse pas des briques. Il y a des publicités lumineuses pour des marques de bière sur les vitres et l'enseigne pendouille. À l'intérieur, c'est pas terrible non plus : un grand juke-box et des clients bourrés. « Ça va, j'ai compris, a dit Peggy, on est dans le quartier noir. Je suis partante. C'est cool. On va écouter du jazz ? »

Winnie était une habituée du Bobby's Bar. Kit, déjà attablé avec trois types et quatre bouteilles de Seagram's VO, s'est levé en nous voyant; Winnie a rajusté le col de son chemisier jaune. «Mesdames! a crié Kit.

— Oh, non», a gémi Peggy, en remarquant les tables bancales et les restes de fritures de poisson-chat du mercredi sur le comptoir.

Winnie s'est dirigée nonchalamment vers son homme, lui a planté un gros baiser sur la bouche. «Je sors avec les filles, ce soir.

— Winnie l'Ourson! a bramé Kit.

— Caroline s'est payé une partie de jambes en l'air, a chuchoté Winnie, si fort que tout le bar l'a entendue. Alors, je veux tous les détails. Je te raconterai après.

— Winnie, arrête!» lui ai-je dit en m'asseyant à une table libre. Peggy a pris place à côté de moi. Winnie et Kit se sont pelotés un bon moment, puis Winnie est partie chercher six canettes de bière et s'est jointe à nous. Peggy a craqué la languette de sa canette d'un air résigné.

«Ça n'a rien à voir avec *Sex and the City*, a-t-elle soupiré. Ici, j'ai l'impression d'être à la maison, en train de boire une bière avec Len.» Len, son petit copain, se proclamait artiste. Il n'avait pas encore trouvé son véritable mode d'expression et passait son temps sur leur véranda, défoncé, à gratter une guitare cabossée. Peggy nourrissait les chiens et les chats errants du quartier et leur maison était pleine de puces.

«Il n'y a pas de juke-box chez toi, lui a fait

107

remarquer Winnie qui, je le voyais bien, commençait à s'énerver.

— Non », a avoué Peggy.

Winnie lui a tendu des pièces de monnaie. « Alors, va nous mettre de la musique. » Peggy est partie vers le juke-box avec une certaine appréhension ; elle n'a pas tardé à se faire accoster par un garçon maigre coiffé d'écouteurs qui n'étaient reliés à rien.

« Comment tu as deviné ? » ai-je chuchoté à l'adresse de Winnie.

Elle a rejeté la tête en arrière et est partie d'un grand rire. « Chérie, regarde-toi ! Tu transpires la sexualité par tous les pores !

— Ah ?

— Alors, accouche…

— Il s'appelle Anthony. Il est propriétaire d'un magasin de spiritueux…

— Bingo ! Il me plaît déjà ! »

J'ai rougi. « Il est grand. Il a des yeux bleus. Sa femme a été tuée le 11 septembre.

— Non ! »

J'ai hoché la tête. « Il est… Je ne sais pas.

— Et côté cul ?

— Pardon ?

— Côté cul ? » a hurlé Winnie.

Depuis sa table, Kit a braillé « Winnie l'Ourson ! »

Je me suis caché la figure dans les mains. « Non, pas encore.

— Mais vous vous êtes bien un peu pelotés, quand même ? »

Je l'ai regardée entre mes doigts écartés. « Oui.

108

— Bingo ! Avec la langue ? » J'ai hoché la tête. « Avec la langue ! » a-t-elle répété joyeusement à la cantonade. Une musique s'est échappée du juke-box : les Indiens du Mardi gras, des types qui se déguisaient et jouaient de la musique dans les parades. Une tradition datant de l'époque où les Indiens avaient décidé de s'intégrer aux festivités snobs du Mardi gras. Chaque année, ils créaient des costumes en perles très élaborés, cousus à la main sur des comptoirs de bar ou des tables de cuisine.

Peggy est revenue en courant vers nous. « Je me suis dit que cette musique collait bien avec le cadre, non ? » Elle a commencé à bouger les épaules en suivant le rythme de la mélopée. Tout d'un coup, l'air s'est arrêté : une grosse femme noire avait débranché le juke-box. Elle l'a tout de suite rebranché et l'a bourré de pièces de vingt-cinq cents pour écouter dix chansons de Barry White d'affilée.

« Quelqu'un a dit "langue" ? » a fait Kit, arrivant derrière Winnie et se penchant au-dessus d'elle, intéressé.

La sonnerie du téléphone m'a réveillée le lendemain matin. J'avais la tête comme du béton. À mon côté, Georgette s'est étirée en bâillant. Mes voisins de palier s'étaient bien occupés d'elle en mon absence – on aurait dit qu'elle avait pris cinq kilos pendant les fêtes. Comment étais-je rentrée chez moi ?

J'ai tendu la main vers le combiné. « Allô ?

— Caroline ? C'est Anthony. » J'ai eu la respiration coupée. « Anthony, du Liquor Barn.

— Je sais. Je me suis couchée tard. Je suis encore dans les vapes.

— Qu'est-ce que tu as fait ?

— Je suis sortie avec des copines.

— Je voulais seulement savoir si tu étais bien arrivée.

— Oui, merci.

— Comment ça se passe au Cue Ball ?

— Au Highball, tu veux dire ? Attends, Anthony, je pourrais te rappeler un peu plus tard, quand j'aurai bu mon café ? »

Il est parti d'un grand rire. « Tu ne peux pas réfléchir en buvant ton café ?

— Réfléchir à quoi ?

— Caroline… Tu me manques. J'ai pris un billet d'avion pour La Nouvelle-Orléans. Pour le jour de l'An. »

J'ai senti comme un choc au creux de l'estomac. « Quoi ?

— Ne t'inquiète pas, j'ai réservé une chambre d'hôtel en ville. Si tu ne veux pas me voir, ce n'est pas grave. J'ai… » Il a marqué une pause. « J'ai décidé de devenir quelqu'un d'impulsif, tu comprends, et puis j'ai toujours eu envie de visiter La Nouvelle-Orléans.

— Je… Bon, je te rappelle. »

À son silence au bout du fil, j'ai senti qu'il était déçu. « D'accord, j'attends à côté du téléphone. »

J'ai ri, mais mon rire sonnait faux. Je lui ai dit au revoir et j'ai raccroché. Dehors, j'ai entendu un grand coup de klaxon et un bruit de tôles écrasées.

110

« Merde ! » J'ai ouvert la porte d'entrée, pris le *Times-Picayune* sur le paillasson et claqué la porte, sans regarder vers l'accident. Je suis allée dans la cuisine, j'ai mis de l'eau dans la cafetière et six cuillerées de café dans le filtre. J'ai donné à manger à Georgette et ouvert le journal.

Je n'arrivais pas à me concentrer et j'avais envie de vomir. Le téléphone a encore sonné. *Oh, non.* J'ai décroché.

« Caro ? » C'était Madeline.

« Oui ? Qu'est-ce qui se passe ?

— Je ne sais pas. »

Le café était prêt. Je m'en suis servi une grande tasse et j'ai bu une gorgée. « Ça va, toi ? lui ai-je demandé.

— Pas vraiment. Enfin si. Ce doit être les hormones qui me travaillent. »

Madeline ne m'appelait jamais sans raison. J'ai attendu.

« Écoute, j'ai rencontré Ken Dowland hier. Je sais que tu ne veux pas entendre parler de cette histoire, mais le procès de Leonard Christopher est pour le mois de mars et je sais que maman ne fera rien pour aider Ken. »

J'ai fait une grimace à Georgette. Décidément, c'était trop pour ce matin ! J'ai regardé la pendule : deux heures de l'après-midi.

« Caro, je sais qu'elle t'a montré cette photo. Je l'ai vue aussi. Voyons, comment Ellie aurait-elle atterri... au Montana ?

— Je ne sais pas, Maddy.

— Personne ne le sait ! s'est exclamée ma sœur d'une voix coléreuse. Alors, va la chercher ! Ça

111

m'est bien égal, mais il faut que cette histoire se termine un jour ou l'autre ! »

J'ai regardé mes ongles. Quand Madeline a repris la parole, sa voix était redevenue normale. « Écoute, selon ma psy, j'ai besoin de voir l'affaire classée. C'est vrai. Ellie est morte et nous le savons tous. Je peux engager une procédure sans maman, et j'ai bien l'intention de le faire. Mais je voulais que tu participes. J'ai pensé…

— Quoi ? Tu as pensé *quoi* ?

— Caroline, il ne t'est jamais arrivé de te dire que toute ta vie était en suspens ? Tu t'es déjà regardée ? Tu es là à faire du surplace, à attendre le retour d'Ellie.

— Ce n'est pas vrai.

— Réfléchis-y. Je suis désolée d'être aussi dure, Caro. Fais ce que bon te semble ; si tu veux attendre toute ta vie, après tout, ça ne me concerne pas. Mais moi, il faut que je fasse avancer les choses, pour pouvoir aller de l'avant.

— Tu crois que je n'ai pas envie d'avancer, moi aussi ?

— Caroline, il y a des gens ici qui ont besoin de toi. Et Ellie ne reviendra pas. »

Mes yeux se sont emplis de larmes. « Je ne sais pas. »

Après avoir mangé un cheeseburger au Camellia Grill, j'ai marché jusqu'à la digue, suivi un sentier qui menait vers l'eau et me suis assise sur un rondin de bois. Des gens promenaient leur chien au bord du fleuve. Un après-midi merveilleusement vide. Le soleil tapait fort ; j'ai suivi des yeux une péniche sur le Mississippi. Je me trouvais près d'une sorte d'entrepôt de ferraille, mais en regardant droit devant moi, je ne voyais que les eaux tranquilles du fleuve. Je pouvais toujours me dire qu'elles n'étaient pas polluées par les hydrocarbures.

Bien sûr, je savais ce qui avait pu arriver à ma petite sœur. Je n'aimais pas imaginer les scénarios les plus noirs : une main l'attrapant par les cheveux, des paumes enserrant son cou, un corps envahissant le sien, un couteau, son sang répandu. Tout son corps calciné à l'exception des os. J'avais des visions d'elle bouche ouverte, la peur dans les yeux.

Quand mon père avait claqué la porte au nez de James O'Hara, j'étais montée dans ma chambre en courant et j'avais sangloté, sachant que je ne serais jamais normale et que l'emprise de mon père ne cesserait jamais. Ellie était montée à son tour et m'avait entendue pleurer. Elle s'était couchée contre moi et m'avait enlacée par la taille.

Si elle avait continué à vivre, elle m'aurait sûrement fait signe. J'avais attendu seize ans. Parfois, j'avais la certitude absolue qu'elle était morte. Mais, à d'autres moments, je restais debout devant la fenêtre, priant pour qu'elle tourne le coin de la rue et qu'elle vienne toquer à ma porte.

En rentrant chez moi, j'ai reçu un coup de téléphone de ma mère, qui m'a parlé de sa soirée chez les Randall, le rôti de bœuf, le brie au four. « J'ai un peu trop bu, mais bon, hein, c'est Noël.

— Noël est passé, maman.

— Ne joue pas les rabat-joie, Caroline.

— Dis-moi, qui s'occupait des boissons ? Quelqu'un du Liquor Barn ?

— Non, c'était un cousin des Randall. Mais je vais au Liquor Barn aujourd'hui. Veux-tu que je laisse un message à Anthony ?

— Non.

— Tu es sûre ? »

Son ton de sainte-nitouche m'a exaspérée. « En fait, si. Dis-lui que j'ai un petit ami.

— C'est vrai, ça ?

— Non, maman. Mais je ne voudrais pas qu'il se fasse des illusions, tu comprends ?

— Des illusions ? Tu es folle, ma fille ! C'est un garçon très bien, cet Anthony. Honnêtement, Caroline, qu'est-ce qui ne tourne pas rond chez toi ? » Je n'ai pas répondu. « Bon, comme tu voudras. Je lui dirai de laisser tomber.

— Merci. Passe un bon réveillon du jour de l'An, maman. » Elle m'a parlé de la robe qu'elle avait achetée pour la soirée du club de golf – une robe avec des plumes – puis m'a souhaité bon courage avant de raccrocher.

17

Du bureau de
AGNES FOWLER

Cher Johan,

Je devrais probablement commencer par vous dire que c'est la première fois que j'agis de la sorte. J'ai déjà écrit des lettres, beaucoup de lettres même, mais jamais à un inconnu. Enfin, ce n'est pas tout à fait exact : j'ai eu un correspondant ukrainien prénommé Vladimir. Mon père avait lu dans *Scolariser votre enfant chéri chez vous* qu'il était très profitable pour un enfant scolarisé à domicile d'avoir un correspondant ; il a donc contacté un organisme dont la publicité figurait au dos de *Highlights*. Ils m'ont mise en contact avec un lycée de Kharkov. Malheureusement, Vladimir ne lisait pas bien l'anglais (ils utilisent un alphabet différent du nôtre, ce que j'ignorais !) et m'a envoyé quelques lettres assez ennuyeuses où il me parlait de ses animaux domestiques. J'ai quand même continué à écrire. Tout cela pour dire que j'espère que vous me répondrez. Et Vladimir n'était pas un homme, mais un garçon.

J'ai trouvé votre nom (et votre photo) sur AlaskaBeauxGarçons. com. Ne vous imaginez pas que je surfe sur le Net à la recherche de compagnie masculine! Je ne suis pas aussi douée pour trouver des informations en ligne que Sally Beesley, la responsable de notre centre de ressources. Posez n'importe quelle question à Sally, elle vous trouvera la réponse sur Internet. Pas plus tard qu'hier, Frances (ma supérieure hiérarchique) lui a demandé quel plat elle pouvait cuisiner avec des courgettes. Sally lui a aussitôt imprimé trois recettes, dont une sucrée! (Gâteau de courgettes au chocolat.)

J'ai entendu parler de AlaskaBeauxGarçons. com par Frances (celle qui cherchait des recettes de courgettes). Lundi matin, en arrivant, elle a marché droit vers mon bureau vitré et m'a dit : « Agnes, nous allons te trouver un petit ami et ce, pas plus tard que maintenant. » Je n'ai pas su quoi dire. Je ne suis pas du tout à la recherche d'un petit ami ; en fait, j'aime bien la vie que je mène. J'ai un appartement confortable dans Daly Avenue. Je peux manger des crêpes au dîner et des pizzas au petit déjeuner si j'en ai envie. Mais je m'écarte du sujet.

Frances (la fille aux courgettes) a vu un reportage sur AlaskaBeauxGarçons. com dans l'émission de télé *Sixty Minutes*. Elle m'a dit qu'il y avait plein d'hommes très beaux en Alaska, et très peu de femmes. Elle m'a parlé des forfaits vacances-mariage d'amour : trois femmes du Wisconsin avaient épousé des chauds lapins. (Ce sont les mots de Frances, Johan – je n'utilise pas ce genre de vocabulaire, surtout au bureau.)

« Tu aimes le froid, et tu pourrais être bibliothé-

116

caire n'importe où, m'a dit Frances. Connecte-toi et allons-y. » Je me suis sentie un peu mal à l'aise, d'autant plus que d'autres collègues s'étaient rassemblées autour de mon bureau. « Allez, pousse-toi, ma cocotte », m'a-t-elle dit en s'installant sur une chaise près de moi. Elle a déplacé ma pile de fiches de recherche de livres en ligne, s'est connectée sur Internet, a tapé AlaskaBeauxGarçons. com et a commencé à passer les annonces en revue.

Bien sûr, je leur ai dit que cela ne m'intéressait pas du tout ! Vraiment. J'ai plein de connaissances ici, à Missoula. La semaine dernière, j'ai pris un café avec Bruce Upchurch, qui était venu chez moi poser du parquet stratifié ; nous avons bu un café et mangé des petits gâteaux à la framboise.

Plus tard, quand tout le monde est allé fêter l'anniversaire de Jon Davies dans la salle du personnel, j'ai jeté un coup d'œil sur le site. Je les entendais tous chanter « Quel âge as-tu aujourd'hui... », ce que j'ai trouvé assez déplacé, car Jon Davies n'est plus vraiment une jeunesse. Le pauvre homme a la charge de la salle d'histoire du Montana depuis la nuit des temps. Il passe ses journées au sous-sol, au milieu de rayonnages poussiéreux et personne ne vient jamais lui faire un petit coucou. La plupart des étudiants se moquent bien de l'histoire du Montana. Ils ne pensent qu'au présent et recherchent des articles sur le projet de génome humain ou Leonardo Di Caprio. Mais encore une fois, je m'écarte du sujet.

Comme il y avait sur la page Web une fenêtre

où taper son nom et son adresse, je l'ai fait. J'ai pensé qu'il n'y avait rien de mal à se faire envoyer un catalogue par la poste, même s'il s'agit d'un catalogue d'HOMMES. (Je me demande pourquoi j'ai écrit HOMMES en lettres capitales. Je viens de boire deux verres et demi de chardonnay, je devrais peut-être faire une pause. Ou boire du lait.)

La semaine a passé.

Vendredi, en rentrant du travail, j'ai trouvé une grande enveloppe de papier kraft dans ma boîte aux lettres. (J'ai une superboîte aux lettres ; elle était de forme standard, en métal, mais j'ai rajouté une queue et une tête de poisson en bois. L'idée m'est venue un soir, après quatre verres de chardonnay. *Quel succès*[1] ! Je parle français.)

Le catalogue AlaskaBeauxGarçons. com est assez épais. Je ne veux pas dire que vous n'êtes pas bel homme et que vous n'avez pas l'air sympathique. Mais quand je feuillette le catalogue, je me dis qu'il y a beaucoup de beaux garçons en Alaska. J'ai regardé brièvement la section forfait vacances-mariage d'amour : le bateau de croisière est vraiment luxueux et le buffet très appétissant. Mais je ne peux pas prendre dix jours de congé et, de toute façon, j'aime bien écrire.

Je reviens tout de suite – je dois aller à l'épicerie fine chercher du chardonnay et des mokas au café.

La soirée est très belle ici, à Missoula. Froide, blanche, bruissante. Parfois l'hiver est assez

1. En français dans le texte. *(N.d.T.)*

déprimant, quand le vent apporte les odeurs de l'usine de papeterie, mais ce soir la nuit est magnifique. En rentrant de l'épicerie, j'ai marché dans les empreintes que j'avais faites dans la neige à l'aller. Bon, où en étais-je ?

Ah oui : mon programme de démarrage de recherche me donnait droit à deux adresses en Alaska. Je tiens à préciser que je n'en ai utilisé qu'une seule.

Je suppose que je devrais vous parler un peu de moi : je travaille au Bureau de Prêt Inter-Bibliothèques de l'université du Montana (j'ignore pourquoi il faut mettre des majuscules partout ; cela me paraît bizarre, mais ce n'est pas moi qui fais le règlement.) Mon travail consiste à chercher les livres et les articles que réclament les usagers de la bibliothèque. Certains jours, c'est assez ennuyeux, mais souvent c'est passionnant, comme par exemple le jour où j'ai trouvé un livre rare sur la méningite cérébro-spinale dans une bibliothèque de Perth, en Australie. Je les ai appelés et ils m'ont répondu avec leur drôle d'accent. Je n'ai jamais eu l'occasion de voyager très loin ; je suis allée en bus à Spokane, dans l'État de Washington, et aussi à Cœur d'Alene, dans l'Idaho, pour assister à un dîner-spectacle. (C'était la comédie musicale *Cats*. Est-ce que vous l'avez vue ? Les mélodies sont tristounettes, mais les danses de chats vraiment très inspirées. J'ai acheté la cassette. Je serais heureuse de vous l'envoyer, mais vous pouvez peut-être l'acheter chez vous. Il doit bien y avoir des magasins de musique à Skagway ! J'ai aussi acheté un tee-shirt signé par trois des acteurs chats.)

Ma nourriture préférée? Les crêpes. J'adore les friandises, surtout les oursons gélifiés Gummi. J'aime boire du chardonnay et du Martini pour les grandes occasions, mais je ne tiens pas trop aux olives dans les cocktails. J'ai lu un article dans *Bon appétit* sur un bar de New York où l'on vous sert le Martini avec un petit piment rouge à la place des olives et des oignons marinés. Et si on y mettait une airelle? J'aimerais bien savoir le goût que ça aurait.

Mon endroit préféré, c'est, l'hiver, le coin de ma cheminée. Je m'installe là pour lire des magazines. L'été, je les lis dans mon hamac.

Je n'ai bientôt plus d'encre dans mon stylo! J'espère que vous arriverez à déchiffrer mon écriture – elle est assez penchée. Pourvu que vous ne soyez pas spécialiste en graphologie. Qui sait ce que signifient les boucles que j'ajoute à mes M?

Je suis un peu intimidée, maintenant que j'arrive à la fin de cette lettre. Je ne suis pas sûre de vouloir qu'il se passe quelque chose – ou même d'attendre une réponse de votre part. Non, je plaisante; j'espère que vous me répondrez, mais j'aime aussi la vie que je mène. Je ne sais pas pourquoi je vous écris. Comme je vous l'ai dit, c'est la première fois que cela m'arrive.

Vous voudrez sans doute savoir pourquoi je vous ai choisi, vous, dans tout ce catalogue? Eh bien, écrivez-moi et je vous le dirai dans ma réponse.

Bien amicalement,

Agnes Fowler

18

On a sonné à ma porte. Le carillon est très fort. J'ai passé un tee-shirt par-dessus ma chemise de nuit et je suis descendue ouvrir : sur le seuil, il y avait Anthony, portant une housse à vêtements sur l'épaule. « Que se passe-t-il ?

— Ta mère m'a dit de venir tout de suite, elle t'envoie cette robe. Avec des plumes. » Il m'a tendu la housse. J'ai porté ma main à mes cheveux. « Je peux entrer ? m'a-t-il demandé.

— Oui. Ma mère t'a vraiment demandé de venir ?

— D'après elle, tu n'avais rien à te mettre pour le Nouvel An, et personne avec qui sortir.

— Oh non ! »

J'étais à la fois agacée et embarrassée. Je suis allée prendre une douche en laissant mon journal à Anthony, puis je me suis installée, en robe d'été, pieds nus, les cheveux mouillés, à la table de la cuisine. Anthony avait gardé son manteau, trop chaud et trop lourd pour La Nouvelle-Orléans. J'entendais des bruits de tuyauteries à travers les murs ; de la musique indienne parvenait de chez les voisins. « Tu ne m'as jamais rappelé, m'a dit Anthony. Tu ne veux pas de moi ici, hein ? » À sa voix, j'ai compris que la colère le gagnait. J'ai pris ma tasse de café et l'ai reposée. J'ai voulu dire quelque chose, mais rien n'est sorti de ma bouche. Je me suis souvenue de ses lèvres, de ses mains chaudes sur ma peau. J'ai voulu m'approcher de lui, mais je n'ai pas pu.

« Bon, d'accord, a dit Anthony. J'ai commis une erreur. J'ai cru qu'il y avait quelque chose entre nous… Je constate que je me suis trompé.

— Je suis désolée. Je ne…

— Tant pis, c'est pas grave. Merde. » Il s'est levé et s'est dirigé vers la porte. Je l'ai laissé partir. J'ai écouté le bruit de ses pas qui descendaient l'escalier. Je ne suis pas allée à la fenêtre pour le regarder s'éloigner. J'étais seule, c'était ça que j'avais souhaité, non ? Mais je ne me sentais pas mieux pour autant : il me manquait déjà.

« Tu aurais pu passer la journée au lit avec un Italien et tu ne l'as pas fait ? » a râlé Winnie en appliquant du brillant sur ses paupières. J'ai haussé les épaules. Les plumes de l'encolure de ma robe m'ont chatouillé le cou. « Tu as besoin de câlins, ma fille. Ou d'une thérapie.

— Winnie, tu ne t'es jamais dit que Kit était trop bien pour toi ? Trop… je ne sais pas. Comme s'il te demandait quelque chose que tu n'étais pas sûre de pouvoir lui donner ? »

Winnie a poussé un grognement. « Kit ? Trop bien pour *moi* ? T'es bourrée ou quoi ? »

Je l'étais, un peu. « Laisse tomber.

— Et d'abord, qu'est-ce que c'est que cette robe ? Tu te prends pour une perruche ?

— Elle vient de chez Saks, sur la 5e Avenue.

— T'as l'intention de t'envoler du haut de l'immeuble ? » Winnie a ri toute seule de sa blague.

Peggy est entrée en trombe dans les toilettes. Dans sa robe de lamé or, elle était magnifique. « Visez-moi ça, les filles. » Elle a soulevé le bas de la robe, révélant des bottes dorées qui montaient jusqu'à mi-cuisse. « Je les ai trouvées en solde. » Elle m'a regardée et a froncé les sourcils. « C'est ça que tu vas porter ?

— Elle vient de chez Saks, sur la 5e Avenue, ai-je répété.

— Mince alors !

— Elle est venue à tire-d'aile ? » a lancé Winnie, et elles se sont mises à rire à gorge déployée.

Jimbo nous a rassemblées devant le bar. « Bon, voilà le topo, les filles, nous a-t-il dit en se frottant les mains. Crystal Robbins et son petit copain arriveront à onze heures. C'est le petit copain qui s'occupe du projet de rénovation. Il a déjà ouvert des bars à New York, Miami, Los Angeles. Il a l'intention de transformer le Highball en endroit super-branché. »

J'ai embrassé du regard la déco de la salle : bouteilles de Martini géantes en carton pendant du plafond, faux cadeaux placés sous un sapin rachitique, chapeaux hauts de forme en plastique renversés et emplis de boules de chewing-gum. Winnie a croisé mon regard et m'a fait un clin d'œil. Sa robe rose et violet, dans laquelle elle était boudinée comme une saucisse, valait le détour.

« J'ai loué les services du meilleur DJ de la ville, a continué Jimbo, en désignant un gros type avec une coiffure Pompadour, qui triait des CD. Je veux que le champagne coule à flots. Mesdames, voilà mon billet pour Celebration, Floride. » Il a tripoté son nœud papillon. « Quelqu'un sait-il nouer ce truc ? » Peggy a fait un pas vers lui, ongles dorés en avant.

Toute la nuit, j'ai été dans le cirage. J'oubliais les commandes, j'oubliais d'aguicher les clients. Quand j'ai laissé tomber un plateau de cocktails, Jimbo m'a prise par le coude et m'a escortée jusqu'à son bureau.

« Caroline, n'ai-je pas été assez clair ?

— Je suis désolée.

— T'es bourrée ? »

Je l'étais, juste un peu. « Non.

— S'il te plaît, s'il y a quelque chose qui te tracasse, oublie-le pour quelques heures.

— Promis. » Jimbo me faisait face et se tordait les mains. Soudain j'ai eu pitié de lui, de sa calvitie naissante, de ses doigts tordus. Il dirigeait le Highball depuis trente ans. Sa femme, une chanteuse de jazz, était morte alcoolique à quarante ans.

J'ai déplacé un carton de verres à mint julep et je me suis assise. Le bureau de Jimbo était plein de reliques du bon vieux temps : des photos de Frank Sinatra au Highball, des colliers de Mardi gras poussiéreux. « J'ai besoin d'une pause, lui ai-je dit.

— D'accord, mais je veux te voir à pied d'œuvre dans dix minutes.

— Promis.

— Ne me laisse pas tomber, Caroline. »

J'ai respiré un bon coup, ébouriffé mes plumes

124

et suis sortie du bureau. Je ne pouvais m'empêcher de penser à toute la tristesse qui m'entourait, au rire forcé de ma mère, à l'agonie de mon père, à Anthony qui comptait sur moi pour lui redonner de l'espoir. Quand nous étions petites, ma mère nous emmenait à l'église et nous disait : « Priez pour que le Seigneur vous vienne en aide. » On priait, on priait, mais rien n'est venu. Madeline avait peut-être raison : j'attendais encore.

Crystal Robbins est arrivée tard, au bras de son petit copain. Le DJ était à fond dans son mixage, et trois pédicures se trémoussaient sur *Wake Me Up Before You Go Go*. Crystal était escortée d'un groupe de filles, grandes, tout en os.

« Des mannequins, a chuchoté Peggy. Regarde, il y a Anita ! » Elles se tenaient à l'entrée et observaient la salle. « Celle avec les nichons à moitié à l'air, c'est Crystal. » Le petit ami, cheveux longs et gras, mal rasé, portait un pantalon de cuir, une chemise ouverte jusqu'au nombril, des lunettes de soleil à verres dorés ; les mannequins portaient les mêmes. Tandis qu'elles se dirigeaient vers une table située dans mon secteur, le petit copain a fait le tour de la salle, inspectant le paysage, la moquette et le moteur géant qui faisait tourner la pièce.

Je me suis éclairci la gorge et j'ai marché vers les mannequins d'un pas assuré. « Bienvenue au Highball ! ai-je articulé le plus gaiement que j'ai pu.

— C'est minable ici, a lâché l'une d'elles. Le DJ, c'est vraiment George Michael ?

— Nous avons toutes sortes de cocktails maison,

ai-je annoncé. Vous adorerez notre plateau de gâteaux apéritifs.

— Ah? a fait l'une des filles en laissant glisser ses lunettes sur l'arête de son nez, pour regarder par-dessus.

— On pourrait avoir une bouteille de vodka? De la Ketel One? a demandé la dénommée Anita.

— Et un cendrier, aussi. »

J'ai répondu « Pas de problème » et je me suis éloignée, mais une fille m'a rattrapée par la manche.

« Hé, cette robe, c'est une Ungaro? » J'ai haussé les épaules. « Mais oui ! Lætitia portait la même sur la couverture de *Harper's Bazaar*. »

J'ai souri, espérant que les mannequins m'incluraient encore dans leur conversation, mais Anita m'a rappelée : « La bouteille de Ketel One.

— Pardon, excusez-moi. »

Winnie était derrière le comptoir. Ses bagues accrochaient la lumière et envoyaient des cercles sur les murs. « Je suis prête, Grande Perruche. Tu peux compter sur moi. Qu'est-ce que boivent nos supermannequins?

— De la vodka.

— Avec des glaçons?

— Non, la bouteille.

— Eh bien ! » Elle a sorti une bouteille d'Absolut. « Non. Elles ont spécifié : de la Ketel One.

— Impossible. Nos podologues ont tout bu. » Winnie a désigné la piste de danse où deux femmes chantaient en chœur sur *I Want Your Sex*, en tenant bien haut leur verre de vodka tonic.

« Appelle Kit.

— Rien à faire. Il était raide saoul à midi.

— On essaye Len ? » J'ai cherché Peggy, pour lui expliquer la situation. Elle a couru au bar, a empoigné le téléphone, composé le numéro et répété « Allô ? » en tenant le combiné contre son oreille. De son bureau, Jimbo observait les mannequins, les mains jointes, comme en prière. Le petit copain continuait à faire le tour de la salle, caressant les éclairages avec amour. « Je suis sa fiancée ! Et vous, qui êtes-vous, bon sang ? » s'est écriée Peggy.

Winnie a fermé les yeux.

« Écoute, prends une bouteille de Ketel One vide et remplis-la de vodka glacée, lui ai-je conseillé. Vite, dépêche-toi. »

L'un des supermannequins nous a interpellées. « Hé, nos consommations, c'est pour aujourd'hui ou pour l'année prochaine ? » Elles ont toutes éclaté de rire. Je leur ai apporté un plateau d'amuse-gueules.

« Notre barmaid est partie chercher une bouteille dans la chambre froide. En attendant, goûtez les gâteaux apéritifs, offerts par la maison.

— C'est une Cheeto, ça ? a demandé Anita en prenant une grosse chip orange.

— Pourquoi elle pleure, l'effeuilleuse ? » a remarqué Crystal. Je me suis retournée et j'ai vu Peggy qui sanglotait sur le comptoir.

« Son petit ami lui a fait un sale coup.

— Le salaud, a crié Crystal, en regardant vivement autour d'elle pour voir si Monsieur Pantalon de Cuir était en vue.

— Dites-lui de venir par là », a fait Anita en enfournant des Cheetos.

127

À ce moment, Winnie est arrivée, brandissant une bouteille dans un seau de glace. « Les filles, voilà votre vodka.

— On n'en avait pas demandé deux ? » a dit un supermannequin à l'accent non identifiable.

À la fin de la nuit, on versait du gin dans des bouteilles de Ketel One, et elles le buvaient. Les pédicures en goguette étaient complètement cuites, le DJ s'était lancé dans une rétrospective Michael Jackson ; Peggy avait perdu un fiancé mais gagné des copines mannequins. Nous avons porté un toast à la nouvelle année, toutes les trois, avec du champagne bon marché transvasé dans des bouteilles de veuve-clicquot. Et puis Jimbo nous a appelées dans son bureau.

« Mesdames, a-t-il annoncé, j'ai deux nouvelles : une bonne et une mauvaise. » Il nous a regardées gentiment. Une de mes plumes m'était entrée dans la bouche et j'essayais de l'enlever. « Le Highball est enfin vendu. M. Pond a l'intention de le transformer en bar hip-hop branché. Il s'appellera le Cloud 8. » Il a haussé un sourcil, l'air de dire, moi, ça me dépasse.

« Au Cloud 8 ! » a fait Peggy en levant son verre.

Nous avons choqué nos coupes à l'unisson.

« Hélas, a poursuivi Jimbo, le bar va cesser de tourner.

— C'est terrible, ai-je remarqué.

— Oui, et ce n'est pas tout... »

Jimbo, ce gentil bonhomme qui s'occupait de nous depuis des années, nous a expliqué que désormais le personnel du Cloud 8 serait des mannequins.

« Vous comprenez, des filles jeunes, pour une clientèle jeune. » Il a ébauché un sourire.

« Ça veut dire quoi ? a demandé Winnie.

— Ça veut dire, les filles, que vous n'avez plus de boulot. »

Le Bobby's Bar est resté ouvert jusqu'à l'aube pour nous. Je suis rentrée à la maison en trébuchant et en semant mes plumes en chemin. Je me suis effondrée sur mon lit. Mon répondeur téléphonique n'arrêtait pas de clignoter, mais mes paupières se sont fermées avant que j'aie pu écouter les messages. Le téléphone sonnait pendant que je me tournais et me retournais dans mon lit. J'ai bien compris que quelque chose clochait, mais je n'ai pas répondu.

Ce n'est que le lendemain après-midi que j'ai appris que ma mère était morte.

DEUXIÈME PARTIE

1

Pendant quelque temps, il y a eu tellement de choses à régler que je n'ai pas pensé à ce que serait ma vie sans ma mère. Curieusement, cela me faisait du bien de dire *ma mère est morte*. Et aussi : *ma mère est morte dans un accident*. Je prononçais ces mots avec gravité, en secouant la tête, et j'attendais la réaction des gens, le choc, le flot de condoléances. Vous comprenez, je ne me rendais pas compte de la situation. Un tel événement me donnait une raison de vivre au jour le jour. Je n'avais pas de travail, pas d'amant, pas de foutue vie. Ma mère était morte. Ça, c'était la réalité.

Je suis retournée à Holt. En arrivant dans l'appartement, j'ai eu l'impression qu'elle était partie en vacances. Rien n'avait changé : ses amies étaient là en train de papoter. Une soirée de Noël au mois de janvier, en quelque sorte. Et puis, il y a eu l'enterrement, la fermeture du cercueil. Madeline, en dépit de la fatigue due à sa grossesse, s'est occupée de tous les détails. Moi, je buvais en écoutant les amies de ma mère parler de tout ce qui les raccrochait à la vie : leurs enfants, leur travail, leurs petits-enfants et leurs projets pour la retraite. Aucune d'elles ne semblait réfléchir à ce qu'il y avait sous le vernis de leur existence : les années s'ajoutaient-elles aux années pour former un tout dont elles avaient lieu d'être fières ? Étaient-elles satisfaites, en paix avec elles-mêmes ? Je voulais savoir si ma mère avait été heureuse. Avait-elle eu une vie heureuse ?

Un terrible accident. Que dire de plus ? Elle revenait en voiture du Cherokee Club, après le bal de la Nouvelle Année. Elle avait sûrement bu, et pourtant l'accident n'était pas sa faute. Le responsable était un ado de Port Chester, un étranger à notre ville. *Qu'est-ce qu'il pouvait bien faire à Holt ?* se demandaient les gens, alors que Port Chester se trouvait à quelques minutes de là. Mais il ne faisait pas partie de la petite communauté de Holt. Il n'avait pas bu. Il avait dix-sept ans et conduisait sans faire attention. Au feu rouge de Woodland Road, il ne s'est pas arrêté, a continué tout droit et a heurté la Mercedes de ma mère, qui roulait à soixante. Qui imaginerait que l'on puisse mourir à soixante à l'heure ?

Elle a eu une bonne vie. Elle vous aimait. Elle vivait pleinement chaque journée. Elle est au ciel, elle vous attend. Elle a retrouvé votre père. Ellie est peut-être avec eux. Elle vous regarde. Elle était si fière.

Était-elle fière ? Pas de moi, en tout cas. Quand je jouais du piano, pendant des après-midi entiers, elle restait dans l'embrasure de la porte du salon, tête penchée, paupières closes. Mon admission à la Juilliard School de New York, pour étudier le piano, l'a remplie de fierté, mais je l'ai terriblement déçue quand j'ai changé d'avis et décidé d'aller m'installer à La Nouvelle-Orléans.

J'ai peut-être pris des mauvaises décisions dans ma vie. Pendant l'enterrement, j'aurais aimé pouvoir remonter le temps : je serais devenue une célèbre concertiste ou, du moins, aurais-je joué quelques airs, à l'occasion. J'aurais pu faire la fierté de ma mère ; cela ne m'aurait pas coûté grand-chose.

Je dormais sans arrêt. Ou bien, allongée sur le lit de ma mère, je contemplais le plafond. Madeline entrait, sortait, m'apportait du thé, des toasts, me donnait du Xanax, par demi-comprimé. Un jour – une semaine ou presque s'était écoulée – elle s'est assise sur le lit, à côté de moi, les genoux remontés sur la poitrine. « Qu'est-ce qu'on va faire, Caroline ?

— Je ne sais pas.

— Je parlais de l'appartement... » Elle a fait un vaste geste des deux mains. « De toutes ces affaires...

— J'ai perdu mon travail », lui ai-je fait remarquer. Bien sûr, j'aurais pu rester encore un mois au Highball, mais je n'en voyais pas l'utilité. « Je te l'ai déjà dit ?

— Oui. Alors, qu'est-ce que tu en penses ? Tu veux vivre ici ? » Elle a embrassé la chambre du regard. À la mort de mon père, ma mère avait essayé de garder la grande maison, mais elle s'était vite lassée des problèmes de tondeuse, et de toutes ces pièces vides. Je me souviens de la note d'espoir dans sa voix quand elle m'avait parlé de son nouvel appartement. « Si je me redresse dans mon lit, je peux voir la mer ! » Mais une chambre avec vue sur la mer était son rêve, pas le mien.

« Non, ai-je répondu. Je ne crois pas.

— Tu penses qu'on devrait vendre ?

— Je crois, oui. »

La faculté d'organisation de Madeline était impressionnante. Quelques jours après notre conversation, une femme très agitée, prénommée Irene, a commencé des visites surprises pour montrer l'appartement à des acheteurs potentiels. Je l'entendais entrer dans la chambre de ma mère, ouvrir les armoires, parler de rénovation, de promesse de vente, à des couples qui lui emboîtaient le pas. Certains avaient mon âge. Ils demandaient s'il y avait des souris (non), si l'électroménager était inclus dans le prix de vente (oui). J'ai bien failli arrêter tout ce cirque, mais je n'avais pas l'intention de m'installer à Holt, et Madeline non plus. Elle aimait trop la vie à New York. Nous avons vu le notaire : notre mère nous laissait tout. Elle n'avait que nous ; ça m'a rendue très triste de ne pas l'avoir compris plus tôt et de ne pas avoir cherché à faire quelque chose de ma vie.

Nous nous sommes partagé les tâches : Madeline s'est occupée de ranger les jolies toilettes dans des boîtes en carton. J'ai choisi une paire d'escarpins jaunes à hauts talons que ma mère portait dans les grandes occasions ; Madeline a pris un tailleur Chanel.

Je me suis attaquée au secrétaire dans lequel ma mère rangeait papiers et photographies, un meuble équipé d'un grand panneau rabattable surmonté de petits tiroirs et de casiers. Tous étaient pleins à craquer. Je me suis fait une tasse de thé et me suis installée par terre. Dans l'un des casiers étaient rangés des dossiers en papier kraft. Chacun, je le savais, correspondait à une recherche inaboutie sur la disparition d'Ellie.

J'ai feuilleté les rapports tapés à la machine. Apparemment, ma mère avait enquêté sur toutes nos connaissances : membres de notre famille, anciennes petites amies de mon père, parents de nos copains d'enfance. Elle avait tout gardé ; j'imagine que la nuit, elle relisait ces dossiers en buvant du vin blanc, espérant y découvrir un détail qui lui aurait échappé.

Elle avait suivi toutes les pistes, année après année. Mais seul, parmi les innombrables photos de femmes ressemblant vaguement à Ellie qu'elle m'avait montrées, le cliché découpé dans *People Magazine* avait fait battre mon cœur.

Après avoir feuilleté les dossiers pendant un bon moment, je me suis frotté les yeux en soupirant. J'ai empilé les papiers qui concernaient Ellie et les ai remis dans le secrétaire. Je n'étais pas prête à les jeter.

D'autres casiers, j'ai sorti des tas de photos de famille. Nous étions là, toutes les trois, habillées de façon identique, jouant sur la pelouse ou paressant dans le hamac. On voyait ma mère en bikini, avec Madeline, toute petite, sur les genoux. Ou, sur des clichés plus anciens, au bal des débutantes à Savannah, les cheveux coupés court encadrant son visage : on aurait dit un lutin. Il y avait aussi des photos de mes grands-parents : ma grand-mère allongée dans une chaise longue au soleil, mon grand-père, souriant, appuyé contre la porte en bois tout éraflée de leur maison de Vernon River. J'avais entendu parler de cette grande maison au bord de la rivière. Elle faisait partie des souvenirs bénis *d'avant*. Ma mère parlait souvent *d'avant*, des jours heureux *d'avant* son mariage, des après-midi passés à la pêche au crabe, des odeurs de la rivière. À dix-huit ans, elle avait plaqué son fiancé pour s'enfuir à New York. Elle savait qu'un grand destin l'attendait là-bas, me disait-elle : Manhattan représentait la liberté. Elle avait rencontré mon père à vingt ans, par relations, et à son bras, s'était sentie une star de cinéma. Elle l'avait épousé, mettant un terme aux glorieux jours *d'avant*.

Madeline avait acheté des boîtes en bois pour classer les photos. Elle se disait peut-être qu'un jour son enfant voudrait les regarder et plonger dans ces souvenirs embrouillés. Et, bien que sans homme dans ma vie et sans espoir de fonder une famille, je me suis mise à pleurer en pensant que mon enfant, si j'en avais un, ne connaîtrait jamais l'odeur de la gorge douce de ma mère.

J'ai empilé les photos dans les boîtes sans vraiment tenir compte des dates et des thèmes. Que penserait un inconnu tombant par hasard sur ces photos ? Pourrait-il, dans un groupe d'hommes et de femmes réunis pour une soirée, deviner les deux qui allaient se marier ? J'ai trouvé la photo de fiançailles de ma mère et j'ai passé un long moment à contempler son sourire énigmatique.

Étais-je la seule à percevoir cette vague tristesse, sur la photo où elle se tenait debout sous l'arbre de Noël, toute raide aux côtés de mon père ? Et

Ellie ? Que verrait un étranger dans son lointain regard d'enfant ?

Chaque boîte possédait, sur le devant, un cadre dans lequel on pouvait glisser une photographie. J'ai choisi un cliché représentant ma mère, adolescente, assise sur un ponton vermoulu, les pieds dans l'eau, le menton relevé.

Nous avions peu de photos de l'enfance de mon père. Il était né dans une ferme de l'Ohio, où, nous avait-il répété des centaines de fois, il avait appris la valeur d'un dollar. J'ai longuement regardé un cliché pris quand il avait cinq ans : il portait un manteau trop grand pour lui et fixait l'objectif d'un air malheureux.

Je me suis longtemps demandé pourquoi mes parents s'étaient mariés. Ils étaient beaux tous les deux, mais avaient-ils vraiment cru que cela pouvait suffire ? Petite fille, je m'imaginais que mon père gouvernait le monde. Il guidait toujours ma mère, sa main puissante posée au creux de ses reins. Elle lui demandait toujours comment cuisiner, comment s'habiller.

Quand j'étais petite, chaque soir j'attendais le retour de mon père. Il accrochait son pardessus au portemanteau, posait son attaché-case par terre et desserrait sa cravate. Je lui tendais la main et il la prenait. Avec mes sœurs nous faisions la dînette ou nous lisions dans nos chambres, mais mon père me consacrait toujours la première heure de sa soirée. Il allait dire bonsoir à Madeline, embrassait rapidement ma mère sur la joue, mais c'était moi qui l'aidais à oublier sa journée de travail, qui le faisais rire et chanter les chansons d'enfants du disque *Free to Be... You and Me.*

Je me souviens de la façon dont il m'observait quand je lui racontais des histoires. Capter son attention était pour moi la plus grande des récompenses. Je suppose que nous croyions toutes que notre père pouvait assurer notre sécurité. C'est peut-être ça, l'amour, en fin de compte : une illusion de sécurité partagée.

J'ai découvert des lettres d'amour adressées à ma mère, qu'elle gardait comme munitions contre mon père, et aussi pour se consoler. J'en ai lu quelques-unes, mais elles se ressemblaient toutes : *Isabelle adorée, Belle Isabelle, Tu me manques, Isabelle.* Il m'a fallu des heures pour vider tout le contenu du secrétaire. À l'heure du dîner, j'avais fini d'empiler un joli tas de boîtes, prêtes à être rangées dans l'armoire.

« Tu as terminé ? » J'ai levé la tête et j'ai vu Ron sur le seuil.

« Oui. » Je me suis relevée et je me suis étirée.

« Tu viens dîner avec nous au Grill ? »

J'avais envie de rester seule, de commander une pizza et de regarder la télé. « Euh, je crois que je vais rester ici.

— Ça t'ennuie si nous rentrons à New York ? Ça ferait du bien à Maddy de s'éloigner un peu d'ici...

— Pas de problème.

— Ça va aller ? »

J'ai hoché la tête. « J'ai un bon livre. » Je mentais.

« Ah bon ? Il parle de quoi ?

— Je ne me souviens plus... un bouquin sur l'Égypte.

— Oh, ça doit être passionnant... »

L'appartement était silencieux sans eux et sans ma mère. J'ai ouvert une bouteille de son pinot gris, allumé la télé et zappé pendant un bon moment. Puis je suis remontée dans sa chambre. Le lit sentait encore son parfum. Le nez enfoncé dans son oreiller, je me suis endormie.

2

Je rêve de ma mère, Isabelle Bonnot, à dix-huit ans, toute maigre dans son maillot de bain, assise au bout d'un ponton. Ses cheveux longs sont pleins de sel, ses yeux marron clair. Chaleur écrasante du mois d'août à Savannah. Elle agite lentement ses pieds dans l'eau.

L'air lourd sent le marécage. La rivière coule près de la maison blanche, ceinte d'une véranda. Dix enjambées séparent la pelouse de la porte d'entrée. Le père d'Isabelle disait qu'il savait toujours quand elle arrivait. « Elle fait son entrée, on entend dix pas résonner et cette maudite porte claquer. » La vieille porte était toute craquelée par le soleil, mais la mère d'Isabelle refusait de la faire remplacer.

À la droite de la maison, une balançoire en bois était suspendue à un arbre. La famille la surnommait « La Balançoire des Amoureux », car presque toutes les demandes en mariage de la famille s'étaient faites là. La dernière en date était celle d'Isabelle ; son prétendant, Bernard, avait demandé sa main au début de l'été ; le mariage devait avoir lieu à l'automne. Le portrait de fiançailles d'Isabelle venait d'arriver et, ce soir-là, elle en donnerait une épreuve à Bernard.

Elle sursauta en entendant un cri et aperçut tante Betty dans l'eau : un grand chapeau de paille, un bras bruni qui s'agitait, un éclair de lèvres roses. « J'arrive ! »

s'égosilla tante Betty, qui se laissait flotter sur le dos. C'était sa façon de rendre visite aux Bonnot. Toute la famille d'Isabelle vivait dans des maisons situées au bord de la rivière Vernon. La plus proche était celle de la grand-mère, la deuxième avait été rachetée par un Yankee, et la troisième était celle de tante Betty.

Celle-ci se rapprochait lentement, portée par le courant. Isabelle distingua un verre de gin tonic dans la main de sa tante. « Isabelle chérie, tiens-toi prête à l'attraper ! »

On était dimanche ; une soirée humide, « une nuit à boire du rhum blanc » comme disait la mère d'Isabelle, bien qu'il y eût toutes sortes de bouteilles d'alcool alignées sur le bar de la véranda. Le dimanche, les pique-niques au bord de l'eau débutaient toujours ainsi : tante Betty se laissait flotter depuis son ponton jusque chez les Bonnot ; quand le courant s'inversait, vers minuit, elle se laissait flotter jusqu'à sa maison. Et une nouvelle semaine commençait. Isabelle saisit le bras musclé de sa tante et l'aida à sortir de l'eau. « Et voilà ! » fit Betty en lissant la jupette de son bikini. Son ventre était plat et hâlé, ses ongles de pieds peints. « Donne-moi ce verre, mon cœur, et pendant que tu y es, va dire à ta maman de m'en préparer un autre. »

Isabelle courut le long du ponton, traversa la pelouse jusqu'à la véranda où sa mère somnolait dans une chaise longue. « Maman ? »

Celle-ci ouvrit les yeux. « Bonjour, trésor. Tante Betty est là ? Elle veut un verre ? » Isabelle hocha la tête.

« Ne te lève pas, maman. Je m'en occupe.

— Tu es mon ange tombé du ciel. » Sa mère referma les yeux. « Pense à prendre une douche, après. »

Isabelle apporta le cocktail à sa tante, puis monta à l'étage. Les marches de l'escalier craquaient sous ses pas. Le soleil couchant éclairait sa chambre, autrefois celle de sa mère ; elle s'assit sur son lit. Le jaune vif des baldaquins des lits jumeaux avait passé, mais il restait assorti aux courtepointes en coton.

La veille, quand sa mère était venue lui souhaiter bonne nuit, Isabelle lui avait avoué qu'elle n'était pas sûre de vouloir se marier aussi vite.

Sa mère s'assit sur le lit. Ses cheveux étaient bien lissés derrière ses oreilles, son parfum d'eau de Cologne apaisait Isabelle. « Bernard est un garçon charmant.

— Mais s'il n'était pas l'amour de ma vie ? »

Sa mère lui caressa les cheveux. « Retourne-toi, je vais te gratter le dos. » Ses ongles frais lui chatouillaient délicieusement la peau.

« Je sais ce que tu ressens, ma chérie. Tu sais, j'ai bien failli ne pas épouser ton père. » Elle éclata de rire. « J'avais d'autres rêves, d'autres projets. » La pièce était paisible. Le grattement cessa.

Isabelle se retourna et leva les yeux vers sa mère. « Quel genre de projets ? »

Sa mère regarda par la fenêtre ; les nuages cachaient les étoiles. Elle mit les mains devant ses yeux, puis les retira.

« Isabelle, j'ai été une bonne fille pour ma mère, une bonne épouse pour ton père et une bonne mère pour toi et ta sœur. » Elle sourit et haussa les sourcils. « Qu'y a-t-il de plus important ?

— Rien, répondit Isabelle, sentant l'angoisse revenir.

— La vie n'est pas toujours parfaite, poursuivit sa mère. Mais on ne baisse pas les bras, on continue vaille que vaille. On range ses rêves dans un tiroir. » Une lumière blanche éclaira son visage ; les phares d'une voiture, le bruit d'un moteur. Le regard de sa mère devint inexpressif. Isabelle eut peur.

« Voilà ton papa qui rentre », dit sa mère en l'embrassant. Elle se leva et quitta la pièce, le bas de son déshabillé traînant derrière elle.

Après avoir pris une douche, Isabelle mit une robe rose et se vaporisa quelques gouttes d'eau de lavande. Elle sortit la photo de fiançailles de son enveloppe et l'examina : elle était très belle, sa chevelure retenue par des peignes. Elle portait le collier de perles que Bernard lui avait offert la veille de la séance chez le photographe. Celui-ci avait retouché l'arrière-plan du cliché : tout était flou, excepté le visage, net et ravissant. Même ses épaules étaient floues : on aurait dit qu'elle émergeait de la brume. Sur le portrait, elle regardait l'objectif avec un demi-sourire. Elle paraissait adulte, sûre d'elle, déterminée.

Bernard arriva, les cheveux encore humides, les joues rougies par le soleil. Il avait passé sa journée à la pêche. Isabelle tenait le portrait tandis que Bernard offrait à sa mère un bouquet d'iris. Il portait une chemise rose pâle et un short kaki bien repassé. Une lueur espiègle dansait dans ses yeux. Depuis l'enfance, Bernard avait toujours aimé faire des blagues. Elle se souvint de la fois où il avait caché une grenouille sous ses draps ; une autre fois, il lui avait dit qu'elle avait une brindille dans les cheveux et, sous prétexte de l'ôter, s'était approché d'elle et lui avait volé un baiser. Quand il croisait les bras sur sa poitrine avec assurance et se calait contre le dossier de sa chaise pour écouter le père d'Isabelle, elle devinait le petit garçon en lui.

Une lune ronde et claire s'était levée. Le cristal, l'argenterie, les bijoux étincelaient à la lueur des bougies. La chaleur n'avait pas diminué ; la sueur perlait sur les fronts. La mère d'Isabelle releva ses cheveux, découvrant une nuque moite ; son père secoua la tête, remonta les manches de sa chemise, exaspéré par cette touffeur, seul élément qu'il ne pouvait maîtriser. Bernard sortit le ventilateur électrique et l'approcha, aussi près que le cordon le permettait ; chacun se tournait vers cette brise, au beau milieu d'une phrase, pour profiter du souffle d'air frais.

« Nous pouvons rentrer », proposa la mère d'Isabelle à plusieurs reprises, mais personne n'avait l'envie de quitter le clair de lune et les stridulations des criquets. La rivière coulait en contrebas, et la lune se reflétait dans le courant.

Bernard versait du rhum de sa flasque dans la citronnade d'Isabelle, qui commença à voir double. Les lèvres de Bernard étaient chaudes sur ses épaules et sa nuque. La mère d'Isabelle apporta les corbeilles remplies de crabes, le citron et le beurre. Ils craquaient les carapaces salées et, une fois celles-ci vidées, les jetaient dans de grands saladiers en terre cuite. « Pas de cérémonies ce soir ! » s'exclama le père d'Isabelle, qui, pour la première fois, dédaigna les minuscules fourchettes et les casse-noix en argent. Il aspirait la chair des crabes, le beurre coulait jusque sur ses poignets et faisait luire ses lèvres.

Isabelle mangea cinq crabes et six tartines de pain de maïs beurré. Puis elle mit des raisins dans un bol et alla s'asseoir sur la Balançoire des Amoureux. Bernard lui donnait la becquée, le jus des raisins se mêlant au goût

146

salé des crabes au bout de ses doigts. « Est-ce que tu m'aimes ? » lui demanda-t-elle, et il lui répondit : « Bien sûr, chérie. Qu'est-ce qu'on pourrait ne pas aimer chez toi ? »

Plus tard, il lui proposa d'aller se promener vers le ponton. Ils passaient des soirées entières dans le petit bateau de pêche, assis sur une couverture pliée. Chaque semaine, Isabelle lavait la couverture au jet, derrière la maison, la frottait avec du savon et la laissait sécher au soleil. Le tissu, devenu sec et rugueux, sentait le poisson, l'eau saumâtre et le savon. Isabelle détestait cette odeur. Elle regrettait de ne pas pouvoir s'allonger avec Bernard dans un lit de plumes, entre des draps propres et soyeux. Ils étalaient la couverture sur le ponton, les vagues les berçaient. Ils parlaient ; ils ne faisaient pas l'amour. Bernard avait cessé de le lui demander, mais la couvrait de baisers profonds. Isabelle sentait la dureté des planches de bois contre sa hanche quand elle s'accoudait pour regarder Bernard ; elle entendait les bruits d'éclaboussures, chaque fois qu'un poisson remontait à la surface pour gober les punaises d'eau.

Tous les convives ou presque étant partis, la nuit leur appartenait. Allongés sur la pelouse, ils faisaient des projets d'avenir. Bernard voulait cinq enfants, pour remplir sa maison de pierre brune, à Savannah. En rentrant du travail, il emmènerait toute sa petite famille en promenade à travers la ville pour admirer les azalées. « On prendra quelqu'un pour faire la cuisine, mais il faudra que tu me prépares mes cocktails. »

Bernard se plaisait à évoquer leur vie future ; tout en parlant, il entortillait les cheveux de sa fiancée autour de ses doigts. Mais, de plus en plus souvent, Isabelle rêvait *d'autres vies : peindre des aquarelles à Paris, être mannequin à New York. L'idée de rester coincée toute sa vie à Savannah et de devenir comme sa mère la paniquait.*

Elle dit à Bernard d'attendre une minute et alla chercher le portrait. Elle entra dans la salle de bains pour mettre quelques gouttes de parfum derrière ses oreilles : une surprise pour Bernard quand il l'embrasserait là. Elle se regarda dans la glace, vit ses joues rougies ; elle ne voulait plus quitter la salle de bains.

Elle examina son portrait. Cette fille n'a pas vécu, *songea-t-elle.* Elle ne connaît rien à la vie.

Sa mère ressassait toujours les mêmes souvenirs, comme si seuls quelques rares instants étaient restés gravés dans sa mémoire. Isabelle ignorait encore que cet instant-là serait l'un de ceux qui lui reviendraient le plus souvent lorsqu'elle essaierait de donner un sens à sa vie. Le portrait lui rappellerait toujours une nuit de pleine lune, les lèvres de Bernard et l'odeur de la rivière. La nuit où elle avait décidé de s'enfuir à New York, pensant qu'elle méritait mieux que ce qu'elle avait.

Quand Isabelle lui tendit le portrait, Bernard lui prit les mains et les embrassa. Il tint la photo à bout de bras et l'observa longuement. « Oh, mon Dieu ! » s'extasia-t-il. Il prit Isabelle dans ses bras et embrassa sa chevelure. « Ma jolie petite fille.

— Je ne suis pas une petite fille, riposta Isabelle tandis qu'il embrassait son cou, le creux de son épaule.

— Tais-toi, ma poupée. » Isabelle demeura silencieuse. L'heure était venue de partir, de se libérer de son cocon. Bernard l'enlaça. Allongés sur la couverture, ils sentaient la chaleur monter par vagues de la rivière.

Quand Bernard fut endormi, Isabelle se glissa furtive-

ment dans la maison, fit sa valise, prit tout son argent et presque toutes ses chaussures. Elle ignorait qu'elle allait rencontrer et épouser l'homme qu'elle n'aurait jamais dû rencontrer ni épouser. Elle ignorait qu'elle aurait trois filles et qu'elle en perdrait une. Elle était pleine d'espoir et de détermination. Elle savait qu'elle devait quitter sa maison pour se trouver.

L'arrêt du car était à trois kilomètres. Tout en marchant, elle s'imaginait déjà en haut de l'Empire State Building, une cigarette entre les doigts, les lumières de Manhattan scintillant à ses pieds, comme des étoiles.

3

En me réveillant, l'évidence s'est imposée à moi, brutalement : je partais au Montana. Comme ma mère, je voulais savoir ce que le monde me réservait. Et si Ellie était vivante, je la retrouverais.

Je suis allée à New York prévenir ma sœur. Ron et Madeline vivaient dans l'Upper East Side, 64e rue. Il faisait un froid de loup à New York. En remontant de la gare centrale, j'ai acheté une casquette Kangol en pure laine à dix dollars; j'ai aussi repéré un sac en faux croco. « Quinze dollars, a dit le vendeur, un Noir beau comme un dieu.

— Quinze ? »

Il m'a fait un grand sourire. « Treize ?

— Va pour treize. » Pendant que je farfouillais dans mon sac, il a ouvert une boîte.

« Une préférence pour la marque ? »

J'ai hésité entre Gucci et Hermès, avant d'opter pour Kate Spade. Il a sorti un pistolet à colle et a fixé le logo. « Vous êtes d'où ? lui ai-je demandé.

— Du Ghana.

— Et vous êtes arrivé comment ?

— En avion, ma p'tite dame », a répondu le Noir, qui en avait manifestement fini avec moi.

Pour le cinq à sept, c'était loupé. J'ai repris mon chemin.

Ron a ouvert la porte. «Tiens, Caroline, du Bronx.

— Quoi?

— Les casquettes Kangol, c'est très tendance dans le ghetto.

— Oh, ai-je fait en me tapotant la tête. Je l'ai achetée en venant ici.

— Elles font aussi fureur parmi les filles des écoles privées du quartier.

— Bon, je peux entrer?»

Ron a fait un pas de côté et j'ai parcouru le grand salon des yeux. Plafond haut, murs bleu pâle, canapé en velours assez spacieux pour y loger une famille. «C'est très beau», ai-je murmuré. Madeline avait un superbe piano à queue, bien qu'elle n'en jouât pas. Deux photographies dans des cadres en argent y trônaient. L'une représentait Ron et Madeline le jour de leur mariage; Madeline arborait un large sourire et Ron paraissait sous le choc. La seconde avait été prise un jour de Noël: devant le grand sapin, les trois sœurs Winters, serrées les unes contre les autres.

«Maddy se sèche les cheveux, m'a expliqué Ron. Tu veux un thé vert?

— Tu plaisantes?» Il a haussé les épaules, en désignant la chambre du pouce.

«C'est bon pour ta santé.

— Un bloody mary, ce serait possible?

— C'est comme si c'était fait.»

Madeline entra dans le salon, les cheveux

relevés en arrière et fixés au gel. Ses joues et son ventre s'étaient un peu arrondis. Elle semblait fatiguée et avait les yeux rouges, comme si elle s'était couchée tard ou qu'elle avait pleuré. Elle finissait d'accrocher un énorme pendant en diamant à son oreille.

« Salut ! Tu as l'air en pleine forme », me suis-je exclamée. Elle s'est penchée en avant et m'a offert sa joue à embrasser. « Salut. Qu'est-ce que tu veux ?

— Eh bien, quel accueil...

— Tu es venue prendre le thé ?

— Non, en fait j'ai besoin de fuseaux de ski.

— Puis-je savoir à quoi vont te servir des fuseaux à La Nouvelle-Orléans ? »

J'ai pris une grande inspiration. « Je pars au Montana.

— Au Montana ? s'est écrié Ron en me tendant mon verre. J'ai toujours rêvé d'y aller. Ça va te faire du bien, Caroline.

— Ron, chéri ? a fait Madeline d'une voix métallique. Peux-tu nous laisser seules un moment ?

— Laisse-la vivre, Maddy, a-t-il soupiré.

— Tu n'as pas la moindre idée de ce qui se passe, Ron. »

Il m'a regardée. J'ai opiné. « Madeline a raison. Tu n'es pas au courant.

— Bon, si vous y tenez. » Il est parti dans le couloir et j'ai entendu une porte claquer.

Madeline s'est laissée choir dans son fabuleux canapé. « Nous avons des problèmes, m'a-t-elle expliqué.

— Désolée. Je suis sûre que vous allez vous en sortir. »

Elle a secoué la tête. « Je sais pourquoi tu vas au Montana. Tu crois que maman ne m'a pas suppliée d'y aller, moi aussi ? »

Je me suis assise à son côté. Comme je m'y attendais, ce canapé était divin.

« La photo est vraiment ressemblante, tu ne trouves pas ?

— C'est une fille. Elle a le bon âge.

— Mais son sourire... Tu ne te souviens pas du sourire d'Ellie ?

— Tu vis dans un monde de rêves, m'a dit Madeline.

— Ça pourrait être elle. Qu'est-ce que tu en sais ? ai-je rétorqué avec humeur.

— Alors vas-y, dans ton putain de Montana ! Qu'est-ce que ça peut me faire ! Mais le jour où tu devras faire face à la réalité, il se peut que je sois trop fatiguée pour t'aider. » Elle cligna des yeux à plusieurs reprises. « Ce doit être hormonal, s'excusa-t-elle. Tout s'embrouille dans ma tête. »

On aurait dit qu'elle allait pleurer. Je suis restée là, bêtement. « Tout ça, c'est ma faute, a repris Madeline.

— De quoi tu parles ? »

Elle s'est enfoncée dans son canapé et m'a regardée dans les yeux. « La veille de notre fugue, Ellie m'a dit qu'elle avait peur. Elle pensait que quelque chose allait arriver. Je dormais. Elle m'a secouée, elle pleurait, elle avait fait un cauchemar.

— Ellie pleurait ? »

Ma sœur a pris une inspiration saccadée. « Elle

était affolée. Elle disait... qu'elle rêvait d'ombres, que quelqu'un... » Madeline a secoué la tête. « J'étais à moitié endormie, je n'écoutais pas ! Elle a dit quelque chose à propos de l'école. Des ombres, à l'école. »

J'ai bu mon bloody mary. Je ne savais pas trop quoi dire. Nous nous croyions toutes responsables de la disparition d'Ellie ; ma mère et sa recherche obsessionnelle, moi et ma vie d'insomniaque à La Nouvelle-Orléans, et maintenant Madeline tourmentée par des ombres à l'école.

« Tu en avais parlé à la police ?

— Oui, ils m'ont dit de ne pas m'en faire. » Elle a agrippé ma main. « Je me suis retournée dans mon lit en lui disant qu'on en reparlerait le lendemain. Elle voulait dormir à côté de moi, mais j'ai refusé. Elle était effrayée...

— Nous étions des gamines, l'ai-je consolée. Les enfants disent des choses, Madeline.

— Oui, mais... »

J'ai terminé la phrase à sa place.

« Mais elle a disparu. »

4

« *Comment pénétrer l'intimité d'autrui ?* a miaulé Winnie. Voilà un livre qui pourrait me servir ! » Elle a bu une gorgée de bière. Dehors, il faisait encore jour, et pourtant nous étions déjà au Bobby's Bar. J'étais rentrée à La Nouvelle-Orléans pour préparer mon départ.

« C'est un guide de poche que j'ai acheté en pensant qu'il pourrait m'aider à retrouver ma sœur, lui ai-je expliqué.

— Je sais, andouille. Je me moquais de toi. Si je comprends bien, tu pars au Montana avec ce bouquin, dans ta bagnole pourrie ?

— En gros, c'est ça. »

Winnie a terminé sa canette. Le juke-box hurlait « *Gonna kiss you where I miss you… * »

« Et une fois arrivée là-bas, tu comptes faire quoi ? »

J'ai haussé les épaules.

« Ça, Caroline, c'est un bon plan.

— Winnie, tu fais quoi la semaine prochaine ? Pourquoi tu ne viendrais pas avec moi ? » Elle a lissé le tissu rouge de sa jupe sur ses cuisses. « Tu crois que je vais le laisser tout seul ? a-t-elle dit en montrant Kit qui dansait avec une chaise métallique.

— Tu as peur qu'on te le vole ?

— Tu crois que c'est pas possible ? » Winnie a poussé un soupir. « De toute façon, la semaine prochaine, je me fais incruster des faux diamants dans les ongles. »

Nous avons étalé une carte des États-Unis sur la table, en la maintenant aux quatre coins avec des canettes. « Texas, Nouveau-Mexique, Colorado, Wyoming », a murmuré Winnie, rêveuse. Elle a bu une longue gorgée de bière. « Je ne suis jamais allée nulle part. Sauf dans le Mississippi. »

Plus tard dans la soirée, nous avons évalué mes chances de prendre en auto-stop un type beau comme Brad Pitt. « Tu vas peut-être tomber amoureuse d'un gardien de vaches, a conclu Winnie.

— Ou d'un gardien de taureaux.

— Ça existe, ça ? a-t-elle demandé d'une voix embrumée par l'alcool.

— Je sais pas. » Nous nous sommes écroulées de rire.

Le temps de m'apercevoir que je dépenserais davantage d'argent pour l'essence de la voiture que pour l'achat d'un billet d'avion, je m'étais déjà faite à l'idée de prendre la route. J'ignore ce que j'espérais trouver là-bas dans les montagnes, mais en rentrant à moitié saoule du Bobby's Bar, je me disais que ce serait toujours mieux que ce que j'avais. J'ai bien failli renverser une passante au moment où je tournais dans mon allée.

Sur ma table de chevet, il y avait une pile de livres empruntés à la bibliothèque. Cette nuit-là, assise dans mon lit, j'ai lu un bouquin sur l'enlèvement

156

de Patty Hearst et le syndrome de Stockholm. Celui-ci se produit quand une personne kidnappée cesse de penser qu'elle a été enlevée et commence à croire tout ce que lui dit son kidnappeur. D'après l'auteur du livre, il est moins douloureux d'accepter le mensonge que d'affronter la réalité. Si les événements que vous vivez sont trop insupportables, vous vous inventez une nouvelle histoire et vous vous persuadez ensuite qu'elle est vraie.

Je n'arrivais pas à dormir ; je regardais les ombres se dessiner sur les murs de ma chambre quand les phares d'une voiture éclairaient ma fenêtre. Dehors, quelqu'un a crié : « Tu m'as trahi ! Tu m'as trahi ! » Je me suis rendu compte que moi, Caroline Winters, serveuse de bar sans travail, sans parents, avec une sœur assassinée et de la cellulite, je partais pour le Montana à la recherche de ma nouvelle histoire.

Du bureau de
AGNES FOWLER

Cher Johan,
Je n'ai pas encore reçu de réponse de votre part, mais j'imagine qu'il faut du temps pour qu'une lettre parvienne en Alaska. La nuit est claire ici au Montana, mais on sent l'hiver approcher. Je suppose que je dois joindre à mon courrier le profil de personnalité proposé par AlaskaBeauxGarçons. com. Bon, je le fais.
En espérant avoir de vos nouvelles,

Agnes

ALASKABEAUXGARÇONS. COM
PROFIL DE PERSONNALITÉ

1. *Couleur préférée*
Laissez-moi réfléchir. À première vue, c'est une question facile, non ? Mais je n'ai jamais su quelle était ma couleur préférée. Avant, je répondais toujours « pourpre », mais je crois que c'était pour me rendre intéressante. J'aime beaucoup le vert

profond de mon salon. Après la mort de mon père, j'ai acheté des pots de peinture, dans la gamme Martha Stewart. Autant faire les choses comme il faut, je vais vérifier le nom de la teinte… Bon, ça s'appelle « Lierre l'après-midi ». Disons que c'est ma couleur préférée.

2. Musique préférée

Oh, mon Dieu. Pourquoi n'ont-ils pas mis « livre préféré » ? (Au fait, pour moi, c'est *Madame Bovary*.) Les hommes de l'Alaska n'aiment donc pas lire ? Bon, j'écoute de la pop music sentimentale, genre Phil Collins, sur Radio Kiss 95. J'aime les chansons qui parlent d'amours malheureuses. J'espère que ça ne fait pas trop morbide. J'adore aussi les comédies musicales, comme *Anything Goes*.

3. Sport favori

La lecture est-elle un sport ?

4. Loisir favori

Étant donné que je n'avais pas trop le droit de sortir, j'avais les mêmes activités que mon père, comme par exemple fabriquer des mouches pour la pêche. J'aime aussi l'aérobic, le step et la salsa, bien qu'il soit plutôt difficile de trouver un bon partenaire pour danser la salsa dans le nord-ouest du Montana.

5. Odeur favorite

Curieuse question. Suis-je supposée dire que j'aime l'odeur de la neige fraîche ? J'adore ça.

J'aime aussi l'odeur des tacos, de l'essence et du savon.

6. *Plat préféré*
J'adore manger. Les crêpes à la myrtille, les bonbons acidulés, les crevettes sautées. Et aussi les mokas roulés à la framboise.

7. *Ma devise*
« Je peux dépanner n'importe quel client de la bibliothèque ! »

8. *Mon pire cauchemar*
Je saute cette question.

9. *Mon plus grand espoir*
Parfois, je me réveille avant le lever du soleil et j'ai l'impression d'être seule au monde. J'aimerais ne plus jamais éprouver cette sensation.

10. *Le rendez-vous galant de mes rêves*
Oh ! C'est la meilleure question. Tout d'abord, j'aurais un léger coup de soleil. J'adore prendre une douche et me pomponner quand ma peau est un peu – pas trop – rosie par le soleil. J'utiliserais un shampooing de luxe, de l'après-shampooing et du spray parfumé. J'ai tout un tas d'échantillons de crèmes et de lotions qu'on m'a offerts pour Noël, à la bibliothèque. Je les essayerais tous.

Je porterais une jupe chatoyante et un pull beige, en laine (ou en coton, selon la saison), et le collier de ma mère, tout frais sur ma nuque, là où j'ai attrapé un petit coup de soleil.

En fonction du temps, je choisirais des sandales ou des bottes fourrées.

L'homme avec lequel j'ai rendez-vous arrivera avec un bouquet de fleurs (ou des petits gâteaux). Il sentira bon (une odeur de pin). Je rangerai les fleurs (ou les petits gâteaux) et nous nous éclipserons dans la nuit. Je baisserai la vitre de sa voiture (à moins qu'il ne soit venu en traîneau) et je sentirai l'air frais sur mes joues rougies par le soleil.

Nous dînons aux chandelles dans un joli restaurant. Assis en face de moi, il me regarde. Nous parlons des livres que nous avons lus et nous nous extasions sur le couple que nous formons, tout en mangeant du homard.

Après le dîner, nous nous retrouvons entre des draps de soie. Il a ôté mes vêtements, il n'y a plus que moi et mon parfum de luxe. Il lèche mes seins et l'intérieur de mes cuisses.

Attendez une minute, je vais me resservir un verre de chardonnay.

Ses doigts enduits d'huile d'amandes douces caressent ma peau. (Sa langue lèche toujours mes seins et l'intérieur de mes cuisses.) Je me sens en sécurité. Il m'embrasse ; ses lèvres ont le goût du beurre salé qui accompagnait le homard, mais pas le goût du homard, qui est un plat délicieux mais pas très sexy. Si nous avons pris de la mousse au chocolat au dessert, ses lèvres ont peut-être un goût de mousse au chocolat.

Il est très mince, mais fort. Il n'a pas trop de poils (surtout pas dans le dos). Il enlève sa chemise, son

161

pantalon et ses chaussettes (tout en léchant mes seins et l'intérieur de mes cuisses). Maintenant il bouge en moi en répétant mon nom.

Je suis excitée, humide ; ma peau est chaude à cause du coup de soleil, mais pas au point d'avoir mal. Je n'ai pas mal du tout. Il va et il vient à l'intérieur de moi et je répète son nom. Longtemps, longtemps. Nous jouissons ensemble, ou presque ensemble. C'est bon. Nous nous endormons dans nos draps soyeux.

Lorsque je me réveille, le soleil n'est pas encore levé. Il n'y a que la lune. Mais je ne suis pas seule.

6

Lorsque Isabelle prit le bus pour New York, quittant pour toujours Bernard, celui-ci eut le sentiment que le monde s'écroulait autour de lui. Il se réveillait le matin et, un bref instant, pensait à elle, à l'odeur de son savon, à la façon dont ses lèvres effleuraient son oreille, à son haleine parfumée par les bonbons à la praline qu'elle avait toujours avec elle. À sa langue, caramel tiède fondant dans sa bouche.

Peu à peu, un voile recouvrit ces moments, comme un rideau se baisse sur une scène colorée. Elle était partie, en lui laissant une lettre vague et tous les cadeaux qu'il lui avait offerts, soigneusement rangés dans une boîte à chaussures. Je sens que je suis destinée à de plus grandes choses. Je te porterai toujours dans mon cœur. Tu trouveras quelqu'un qui t'aimera comme tu le mérites.

Une succession de clichés : la bague de saphir, héritage de sa mère, était retournée au coffre, à la banque. Il avait entendu dire qu'Isabelle avait épousé un Yankee. Ils n'étaient même pas venus se marier à Savannah.

« Un café noir », dit Bernard en regardant sa montre. Il était encore en retard, mais personne ne lui en ferait la remarque. Sur son énorme bureau d'acajou verni, aucun dossier important ne l'attendait. Il allait subir les sourires affectés et compatissants des employés de son père qui passeraient devant son bureau en s'efforçant de ne pas montrer leur convoitise devant sa baie vitrée panoramique et la grande horloge murale.

« Un café noir, s'il vous plaît », riposta la blonde derrière le comptoir. Bernard la regarda : elle lui souriait d'un air coquin. Sa nuque le picota. Sa cravate était trop serrée.

« Désolé. Et un muffin aux myrtilles. S'il vous plaît. »

Elle était trop jeune pour lui. Ses cheveux blonds étaient tressés à la Pocahontas. Elle avait un pur accent yankee, une voix forte, trop aiguë. « Grillé ? » demanda-t-elle. Bernard hocha la tête. Il observa ses mouvements, rapides, décidés. Elle trancha le muffin avec un grand couteau, d'un geste sûr, le glissa sur un plateau en métal et l'enfourna. Sous son tablier, elle portait un haut à bretelles moulant et un pantalon d'homme. Elle était bronzée, les épaules parsemées de taches de rousseur.

« Y'en a pour une minute », dit-elle en posant les mains sur ses hanches. Bernard acquiesça. Elle pencha la tête de côté. « Vous pouvez attendre là-bas.

— Désolé, dit Bernard. Je suis désolé.

— Y'a pas de quoi. »

Il attendit son muffin, lui qui n'avait pas l'habitude d'attendre. D'ordinaire, sa secrétaire lui apportait son petit déjeuner ; il lui arrivait de sauter le repas de midi, et de ne rien avaler avant la fin de l'après-midi. Peut-être pourrait-il inviter cette fille effrontée à déjeuner ? À l'Oglethorpe Club, il y avait un jardin ensoleillé.

Il sentit un frémissement en lui et il lui fallut un moment pour pouvoir l'identifier. Désir. Il avait connu des femmes, mais sans ressentir ce désir, depuis Isabelle. Il avait des maîtresses, mais personne à aimer.

« Un café noir et un muffin aux myrtilles ! » La voix de la fille retentit par-dessus le brouhaha de la cafétéria, chocs des verres et des tasses, grésillement des toasts, chuintement du percolateur, piétinement des passants au-dehors. Bernard s'avança vers le comptoir. La fille lui tendit un sachet en papier blanc soigneusement fermé.

Quand il le prit, leurs doigts s'effleurèrent une seconde de trop. « Merci, dit-il. Merci. »

La fille éclata de rire. « Je m'appelle Sarah.

— Sarah, répéta Bernard.

— Allez-vous rester planté là, ou vous décider à m'inviter quelque part ?

— J'aimerais bien, oui. »

7

Je suis partie le samedi pour le Montana. J'avais réglé tous les détails : mes voisins de palier s'occuperaient de Georgette et arroseraient les plantes ; la vidange de la voiture et le plein d'essence étaient faits. J'ai acheté une carte routière des États-Unis et un appareil photo Polaroïd (n° 3 sur la « Liste des choses essentielles » de mon guide de poche). J'avais rempli une glacière de bouteilles de bière, de sodas et de petits fondants au chocolat.

Ça m'a fait tout drôle de passer devant la pâtisserie, le salon de thé, l'épicerie. J'ai tourné à gauche au niveau des immenses jardins qui abritaient le musée d'Art de La Nouvelle-Orléans, bifurqué dans Carrolton (en passant devant un panneau qui indiquait « Crevettes fraîches »), puis je me suis engagée sur la I-10. Je la suivrais jusqu'au Nouveau-Mexique, sauf à prendre des chemins de traverse. J'ai allumé la radio, Johnny Cash chantait.

Le troisième jour de mon voyage, dans une ville poussiéreuse du nord du Nouveau-Mexique, j'ai pris une auto-stoppeuse, une ado en minijupe et tee-shirt, qui levait le pouce sur le bas-côté de la route, un sac de marin posé à ses pieds. Je cherchais un endroit pour manger. C'est en repérant le panneau d'un restaurant mexicain que j'ai vu la fille. J'ai ralenti.

Elle m'a tranquillement regardée arriver. J'ai baissé ma vitre. « Vous faites du stop ? » Elle avait des cheveux bouclés, des yeux marron, un nez épaté.

« On dirait, ouais.

— Je vais manger, et ensuite je vous emmène. » Elle a regardé ses pieds.

« Je vous prends quelque chose ? » Elle n'a pas répondu, mais quand j'ai garé la voiture et que je suis entrée dans le restaurant, la fille m'a suivie et s'est assise en face de moi, dans le box.

J'ai commandé des œufs à la mexicaine, avec des piments et de la sauce tomate. « La même chose pour moi », a-t-elle dit.

Nous avons grignoté des chips et bu de l'eau glacée dans des verres en plastique rouge. Je lui ai demandé son nom.

« Roxie.

— Où vas-tu ? »

Elle a haussé les épaules. Des épaules étroites, les clavicules saillantes sous son tee-shirt ultrafin. Elle semblait déprimée. Ses dents d'écureuil lui donnaient un air inoffensif. « Moi, je vais au Montana, ai-je précisé.

— D'accord.

— Tu es de la région ?

— Ouais. » J'ai regardé par la fenêtre les arbustes rabougris. La chaleur miroitait par vagues sur la terre brûlée. Le restaurant sentait le hamburger. Soudain, Roxie a paru se réveiller et s'est penchée vers moi. « Denver. Tu peux m'emmener à Denver ? »

J'ai cligné des yeux, visualisant mentalement la carte. « Oui, c'est possible.

— Denver, a-t-elle répété en hochant la tête, comme si sa décision était prise. Denver ! » Elle a posé une main sur la table et m'a regardée, apparemment ravie.

« Qu'est-ce qu'il y a de spécial à Denver ?

— Tout. Il y a tout à Denver. » J'ai souri. Ça me disait bien d'y aller. Le désert brûlant, aride, désolé, m'effrayait. En revanche, les montagnes, ça me tentait.

Notre plat est arrivé et j'ai observé Roxie pendant qu'elle mangeait. Pour quelqu'un qui faisait du stop, elle ne semblait pas particulièrement affamée. Elle mangeait à petites bouchées, comme un lapin, sauçant le jaune d'œuf d'une main experte avec des morceaux de tortilla chaude qu'elle prenait dans la soucoupe posée au milieu de la table. Elle utilisait assez de sauce piquante pour tuer un bœuf. Moi, je n'en ai pas pris.

J'ai commandé un Coca à emporter, ce qui a paru troubler le serveur, un type courtaud, plus tout jeune. Roxie lui a brièvement expliqué en espagnol ce que je voulais et le serveur m'a rapporté un gobelet en carton rempli de Coca, couvert d'un film plastique. « À emporter, on fait pas ça ici », a dit Roxie avec un petit geste dédaigneux du poignet.

Pendant qu'elle s'installait sur le siège avant du Wagoneer, avec son baluchon à ses pieds, je me suis demandé ce qu'elle entendait par ce « on ». Les

168

habitants du Nouveau-Mexique ? Les Hispano-Américains ? Était-elle originaire de cette petite ville, Chama, ou simplement une habituée des gargotes mexicaines ? Avais-je affaire à une fugueuse ? Elle a tripoté les boutons de la radio et fini par tomber sur une station où un type chantait avec entrain en espagnol.

« Ça te va ? » Ses yeux marron m'interrogeaient.

« Ouais, ça va. » Je n'avais encore jamais écouté une radio en langue espagnole. Pour moi, ces musiques, c'était toujours la même rengaine. Mais à quoi bon prendre quelqu'un en stop, si on ne veut pas élargir ses horizons ? Après tout, je n'aimais pas le rhythm and blues avant de fréquenter le Bobby's Bar.

Roxie s'est laissée aller contre le dossier du siège, a fermé les yeux en fredonnant la chanson qui passait à la radio. J'essayais de deviner son âge : seize ans ? Dix-neuf ? Elle paraissait assez âgée pour avoir eu des problèmes, mais pas au point de se laisser abattre. Elle s'est endormie au bout d'un moment. Je suis entrée dans l'État du Colorado.

Les montagnes se découpaient sur le ciel. Je suivais le ruban d'asphalte, agrippée au volant. La musique de Roxie commençait à me taper sur les nerfs. Le soleil s'est couché d'un seul coup. Il était là, dans le ciel, et il a soudain disparu derrière une crête. La route s'est étrangement assombrie. J'ai éteint la radio. Roxie a gigoté. « Qu'est-ce qui se passe ? a-t-elle grommelé.

— Il faut que je dorme. » L'amitié que j'avais espéré voir naître entre nous, les confessions mutuelles, les secrets révélés, rien de tout cela ne s'était produit. C'était seulement une gamine tranquille qui aimait une musique exaspérante. Moi, j'avais envie de lui parler – de parler à quelqu'un – de ma mère.

Nous approchions de Colorado Springs. Sur la carte, la ville semblait immense. N'étant pas d'humeur à m'y aventurer, je me suis arrêtée à la périphérie, devant un motel. « Je peux dormir là », a proposé Roxie en désignant la banquette arrière du Wagoneer.

J'ai failli la laisser – après tout, c'était peut-être une tueuse en série – et puis j'ai dit : « Oh, je t'en prie, ne sois pas idiote. » J'ai loué une chambre avec deux grands lits vissés dans le plancher. Nous sommes allées acheter des hamburgers à emporter au snack d'en face. Ma glacière était encore pleine de bières. Je l'ai traînée dans ma chambre. Je n'avais qu'une envie, regarder la télé, installée dans un lit confortable.

Roxie a mangé son hamburger avec délicatesse, tapotant les coins de sa bouche avec la serviette en papier jaune. J'ai sorti une bière de la glacière, qui n'était plus glacée. J'ai cherché partout mon ouvre-bouteille. « Merde.

— C'est quoi, le problème ? m'a dit Roxie.

— J'ai dû laisser l'ouvre-bouteille dans un motel, au Texas.

— *No problemo*. Passe-moi la bouteille. » Elle l'a prise entre ses doigts fins, l'a portée à sa bouche, l'a décapsulée d'un coup sec, avec les dents, et me l'a rendue en souriant. « Je faisais toujours ça pour ma mère.

— Merci. » J'ai bu une longue gorgée. « Ma mère vient de mourir. »

Roxie m'a regardée fixement. « Je suis désolée.

— Moi aussi. » J'ai senti ma gorge se serrer.

« Elle te manque. » J'ai hoché la tête. Roxie m'a dévisagée d'un air compatissant, puis a ouvert la glacière, sorti une bière, fait sauter la capsule entre ses molaires et posé la bouteille sur la table, entre nous. « Celle-là nous attend. »

Nous avons regardé une émission qui parlait de proxénétisme, sur une chaîne câblée, et j'ai pleuré sans bruit. Le monde était si gris à présent, sans ma jolie maman.

En découvrant Denver, ses immeubles impressionnants, son réseau d'autoroutes, Roxie a paru hésiter. « Et le Montana ? a-t-elle demandé, alors que je faisais le plein d'essence.

— Pardon ?

— Qu'est-ce qu'il y a au Montana ? Ton mari ?

— Non. Ma sœur.

— Elle garde les vaches ?

— Je n'en sais rien. Je ne la connais pas. Elle a disparu. »

Roxie a haussé les sourcils. « Disparu ! »

Elle a ruminé ça pendant que j'allais payer l'essence et acheter des chewing-gums. Quand je suis remontée dans la voiture, elle était penchée sur la carte. « Voilà Denver, lui ai-je expliqué. Nous sommes là.

— Oh, non ! Montanons.

— Montanons ? Qu'est-ce que ça veut dire ? »

171

Roxie a soupiré en levant les yeux au ciel. « On va au Montana.

— Ah, bon, ai-je dit en démarrant. D'accord. »

Nous avons roulé en silence, complices ; la route serpentait au pied de montagnes grandioses, aux sommets déchiquetés. Quand la dernière station de radio espagnole a cessé d'émettre, Roxie a posé les pieds sur le tableau de bord et s'est tournée vers moi.

« Comment comptes-tu retrouver ta gardienne de vaches ?

— Tu veux dire ma sœur ?

— Oui. »

J'ai réfléchi. « J'ai sa photo. Je vais la montrer à tout le monde.

— À tout le monde ? Je peux la voir ?

— Oui. Je te la montrerai au prochain arrêt. » Roxie a hoché la tête, baissé la vitre et fermé les yeux, offrant son visage au vent. J'ai fini par lui dire de la remonter.

Quand je me suis arrêtée pour reprendre de l'essence, j'ai fouillé dans mon sac et pris la chemise cartonnée que j'ai ouverte sur le capot de la voiture. Roxie a examiné la photo. « C'est laquelle ? » J'ai pointé mon doigt sur le visage qui souriait.

« Oh ! a fait Roxie, manifestement troublée.

— Qu'est-ce qu'il y a ? »

Elle m'a regardée, la main en visière devant ses yeux, à cause du soleil. Le vent jouait dans ses cheveux. « Ça, c'est pas une fille qui a disparu.

— Si… il y a longtemps. Nous étions petites. Tout le monde la croit morte… mais c'est elle. Ça ne peut être qu'elle. » Je m'entendais bafouiller. Je ne savais plus où j'en étais.

Roxie a de nouveau regardé la photo, a suivi les contours du visage d'Ellie du bout de l'ongle. « Cette fille n'a pas envie d'être retrouvée, a-t-elle conclu. Je le sais. Elle est comme moi.

— Que veux-tu dire ?

— Tu le sais très bien. » C'était vrai ; je le savais.

« Je peux avoir un grand Coca ? »

Je lui ai donné un billet de cinq dollars. Elle s'est dirigée vers la cabane en rondins qui faisait office de boutique. Le réservoir de la voiture était plein ; j'ai sorti le pistolet verseur, revissé le bouchon d'essence et rabattu le volet. Dans l'autre main, je tenais la chemise avec la photo ; mes doigts tremblaient.

Je savais ce qu'il me restait à faire. J'ai sorti le baluchon de Roxie, je l'ai posé sur la pompe, je me suis glissée au volant et j'ai passé la première.

Si les larmes coulaient sur mes joues, ce n'était pas à cause de Roxie, une gentille fille, qui avait ses propres problèmes. Ni à cause d'Ellie ni de l'appréhension face à ce qui m'attendait. Je ne pleurais pas sur moi-même, ni la mort de ma mère. C'était juste ce sentiment de vide, pur et simple, ce manque, ce pénible fardeau, qui me faisait pleurer, alors que je m'éloignais, laissant Roxie derrière moi.

8

L'hôtel Thunderbird à Missoula, Montana, m'a plu tout de suite. Il était surmonté d'une énorme enseigne rose. J'ai garé le Wagoneer sur le parking et me suis dirigée vers la porte sur laquelle on lisait « Bureau ». L'homme assis à la réception, une cigarette aux lèvres, ressemblait à Elvis Presley, bouffi et vieillissant.

« C'est complet, m'a-t-il annoncé, sans retirer son mégot de sa bouche. Convention Amway.

— Dommage. Merci. » J'ai regardé tout autour de moi, notant au passage la cafetière, les fauteuils verts usés.

« Vous êtes en voyage de noces ? »

Je me suis retournée vers lui. Qu'est-ce qui dans mon apparence débraillée pouvait lui faire supposer que j'étais aimée, comblée, en partance pour une lune de miel ? « Pardon ? Vous avez bien dit *en voyage de noces* ? »

Il a hoché la tête et retiré le mégot de sa bouche pour le laisser tomber dans le cendrier en métal posé sur le comptoir. « Si je vous dis ça, c'est parce que la suite nuptiale est libre. »

J'ai cligné des yeux. Après des nuits passées dans des hôtels minables et des journées assise dans la voiture, le dos en compote, j'avais bien droit à un traitement de faveur.

« Jacuzzi en forme de cœur, a-t-il précisé.

— C'est tentant.

— Les congressistes d'Amway ont pris toutes les chambres en ville. Je vous fais un rabais de cinquante dollars. » J'en étais à me demander si dormir dans une chambre nuptiale était une expérience pitoyable ou enrichissante, quand il a ajouté : « Le champagne est offert par la maison.

— Va pour la suite. »

La chambre était vraiment surprenante : baignoire en forme de cœur un peu crasseuse, lit immense aux draps de satin rouge, roses de soie éparpillées. Un exemplaire poussiéreux des *Joies du sexe* trônait sur la table de chevet, à la place de la Bible. Il était ouvert et je l'ai feuilleté pour regarder les dessins. On voyait un homme, les cheveux attachés en queue-de-cheval, étreignant une femme aux formes généreuses. Elle levait les bras dans un geste d'extase, montrant des aisselles poilues. Un léger coup à la porte m'a fait sursauter.

« Oui ? ai-je répondu, un peu gênée.

— Votre champagne, chère madame », a fait la voix du réceptionniste.

J'ai ouvert la porte. Il tenait une bouteille et deux flûtes. « Champagne rosé. Au fait, je m'appelle Al.

— Oh, merci. Mais je n'ai besoin que d'un seul verre.

— Moi aussi. » Il a observé la pièce d'un air triste.

« Je suis venue pour affaires, ai-je ajouté, essayant de prendre un ton important.

— Vous aimez la chambre ? Ma femme, a-t-il enchaîné sans me laisser le temps de répondre, l'avait décorée toute seule. Elle était toujours plongée dans les magazines de déco et de jardinage.

— Elle est très jolie.

— Je lui disais que les roses, ça faisait trop », a-t-il repris en me regardant. Si l'on ne tenait pas compte de son énorme banane de rocker, il avait l'air gentil tout plein. Ses yeux larmoyaient. « Vous ne trouvez pas que les roses, ça fait trop ?

— Non, elles sont magnifiques.

— Elle est morte l'an dernier. D'un cancer. »

J'ai hoché la tête. « Ma maman vient de mourir, ai-je répondu, mais il n'a pas paru m'entendre.

— Elle est restée blonde jusqu'à la fin. Vous savez, elle disait que je ressemblais à Elvis.

— Al, vous voulez du champagne ? »

Il a sorti ses cigarettes de sa poche de chemise. « Pourquoi pas ? »

Nous avons fait sauter le bouchon et, assis sur des chaises de velours devant la table en faux marbre, nous avons vidé la bouteille en parlant de sa femme et de ma mère. Il m'a dit que je pouvais l'appeler Elvis, si je voulais.

Mon plan pour retrouver la fille de la photographie était simple : je commencerais par chercher dans Missoula où, d'après Al, vivaient beaucoup de jeunes ; ensuite, j'irais à Arlee et explorerais les villes des environs.

J'ai photocopié le cliché. Avec l'aide de l'employé

176

du magasin, un garçon plein d'énergie nommé Stan, j'ai fait des agrandissements du visage souriant d'Ellie. Le guide de poche conseillait, en étape n° 1 : « Visitez les bars, les supermarchés, les laveries automatiques avec votre photo. Montrez-vous COMBATIF ! » J'ai pris un café au Food for Thought, puis je suis sortie avec une chemise pleine de photocopies. Je sentais ma mère m'applaudir et m'encourager.

Cependant, à quatre heures de l'après-midi, j'étais épuisée et découragée. Personne n'avait reconnu Ellie et apparemment, parler d'une disparue ne produisait aucun effet sur les habitants du Montana. J'ai même vu dans une vitrine un tee-shirt imprimé qui disait : « MONTANA. *Le meilleur endroit... pour* SE CACHER ! » Les employées des laveries automatiques et les caissières des supermarchés soupiraient quand je leur montrais ma photo floue et me désignaient les panneaux d'affichage où étaient déjà punaisés les portraits de dizaines de disparus amis, maris, enfants et chiens. J'ai fixé celui d'Ellie sur des avis de recherche plus anciens, en inscrivant le nom de l'hôtel et le numéro de ma chambre au bas de chaque photo.

J'avais gardé les bars pour la fin. À la tombée de la nuit, ils grouillaient d'étudiants et de buveurs. Mon premier arrêt a été chez Al & Vic's. Le barman était un homme chaleureux, qui s'appelait Lew ; au bar était accolé un snack, le Fran's Hi-Way Café, où j'ai commandé un sandwich au poisson. Lew n'avait jamais vu Ellie.

« Elle ressemble à beaucoup d'autres filles »,
a-t-il remarqué en allumant une Pall Mall.

J'ai examiné la photo de près. « C'est possible.

— Cheveux bruns, joli sourire. Elles sont toutes
comme ça, au début. » Il désigna une femme qui
somnolait dans un coin du bar. « Elle aussi était
comme ça.

— Elle a encore des cheveux bruns.

— C'est vrai, a reconnu Lew, mais ça fait
longtemps que je ne l'ai pas vue sourire.

— Comment s'appelle-t-elle ?

— Lorna. »

J'ai hoché la tête. Une serveuse rousse à l'air
fatigué m'a apporté mon sandwich. Je lui ai montré la photo d'Ellie et elle l'a regardée de près. « On
dirait cette strip-teaseuse. »

Seigneur. « Quelle strip-teaseuse ? ai-je demandé,
en m'efforçant de garder mon calme.

— Moi, les strip-teaseuses, connais pas, a fait
Lew, l'air plutôt nerveux.

— Des fois, elle vient manger des œufs, le matin,
a ajouté la serveuse rousse. Elle traîne du côté de
chez Charley B, et du Mulligan's, évidemment. »

J'ai cherché un stylo partout. Lew a glissé un
crayon mal taillé sur le comptoir et j'ai noté sur ma
serviette en papier, « Charley B. Mulligan's ». La
rousse a pris une cigarette glissée derrière son
oreille et l'a allumée. « Elle vous doit de l'argent ?

— Non. Qui est Charley B ?

— Il est mort, a répondu Lew. Un brave type,
mais mauvais caractère.

— Charley B, c'est le nom de son bar, a dit la

rousse en pointant son doigt vers la vitre sale. En bas de Higgins.

— Merci. » J'ai avalé mon sandwich à toute vitesse. Il avait un goût infect : le poisson était trop salé et trop cuit.

« Charley B aimait le rhum Coca, ça on peut le dire, a fait Lew.

— Tais-toi, chéri », a dit la rousse. Et il s'est tu.

9

Bernard était en réunion quand le téléphone sonna. Toute l'équipe travaillait sur la subdivision de l'île de Skidaway ; Harold en était au milieu de sa présentation, le doigt pointé vers une carte projetée sur un mur.

« Bernard ? Désolée de te déranger, fit Jenny, dans l'embrasure de la porte. Sarah au téléphone. Elle est à la clinique ! » Aussitôt de grands sourires éclairèrent tous les visages.

« N'oublie pas les cigares ! » cria Jim, alors que Bernard se précipitait dans son bureau pour prendre ses affaires. Jette un dernier regard autour de toi, songea-t-il : les choses ne seront plus jamais les mêmes.

Sarah lui dit qu'elle avait perdu les eaux. On l'avait mise sous perfusion pour dilater le col et déclencher les contractions, mais ça pouvait encore attendre. Elle avait emporté son sac, des mots-croisés, des chaussons. Son accent yankee résonnait dans le téléphone, exubérant et inquiet. « Ça vient, Ber. J'ai tellement hâte de voir le bébé !

— Ferme les yeux, chérie. Quand tu les rouvriras, je serai là. »

En voiture, il se prit un nid-de-poule, mais ne ralentit pas, coupant trois voies de circulation pour obliquer à droite vers Abercorn. Quand il arriva à l'hôpital, la perfusion avait déjà envoyé Sarah dans un enfer artificiel ;

elle leva vers lui un regard affolé et agrippa sa main avec une force incroyable. « Aide-moi, aide-moi, nom de Dieu ! »

Les heures s'enchaînaient. Les infirmières poussaient Bernard à partir, mais il ne quitta pas Sarah une seconde ; il lui glissait des petits morceaux de glaçon dans la bouche et l'aidait à compter les contractions, comme ils l'avaient appris ensemble aux séances d'accouchement sans douleur. (Ces instants passés assis sur une couverture dans une pièce confinée, à rigoler en faisant semblant d'être en travail, tout en visionnant des cassettes vidéo de mauvaise qualité, lui paraissaient maintenant faire partie d'une autre vie.)

Sarah lui dit qu'elle n'y arriverait pas, qu'elle ne pouvait plus continuer, mais elle continua, alors que la péridurale ne prenait pas. Bernard lui tint le genou gauche quand vint le moment de pousser, en le remontant pour faire de la place au bébé. Le genou de Sarah était couvert de taches de rousseur, comme le reste de son corps, sa peau claire rougie par la pression des doigts de Bernard. Nous allons avoir un enfant, se répétait-il. Pendant des mois, il avait caressé le ventre qui s'arrondissait, senti les coups de pied, écouté les battements de cœur dans le stéthoscope du médecin. Mais ce n'était pas réel. Il n'y croyait pas ; enfin, elle était là.

La tête sortit, d'une rondeur parfaite ; elle glissa comme de l'eau. Sa fille. Elle avait des doigts, des orteils ! On lui laissa couper le cordon, puis on emmena le bébé pour le laver et l'envelopper dans une petite couverture rose.

« Dieu merci, c'est fini », murmura Sarah, les cheveux emmêlés, le visage enflé.

Bernard regarda sa femme, toucha son front, mais

désormais son amour était coupé en deux. Il aimait Sarah, mais d'un amour sans surprise. Il attendait impatiemment le retour de sa fille qui lui manquait déjà terriblement alors qu'ils venaient à peine de faire connaissance. Bernard et Sarah avaient décidé de la prénommer Agnes – le nom de la mère de Sarah.

« Ma chérie, chuchota-t-il, s'imaginant déjà la tenir toute chaude dans ses bras. Ce n'est que le commencement. »

10

Du bureau de
AGNES FOWLER

Cher Johan,
Quel plaisir de recevoir votre lettre aujourd'hui. Et quelle surprise, cette avalanche de confettis jaillissant de l'enveloppe ! J'ignorais que vous aviez des confettis en Alaska. Enfin, je ne m'étais jamais vraiment posé la question. Mais j'avoue m'être demandé si vous aviez des minipizzas. Quand Frances en a apporté à la bibliothèque, j'ai tout de suite pensé à vous. Je me suis demandé : en trouve-t-on là-bas, en Alaska ?

Votre Profil de Personnalité m'a fascinée. C'est une bonne chose que le blanc soit votre couleur préférée, n'est-ce pas, avec toute cette neige, en Alaska.

Non, je n'ai pas lu la série des *Frères Hardy*, pas plus que les livres de Nancy Drew. Mais je suis d'accord avec vous quand vous dites que beaucoup de mystères nous entourent.

Votre cauchemar au corbeau m'a fait très peur. Sachez que je ne fais pas ma cachottière en ne répondant pas à la question n° 8. Mais j'aimerais vous connaître un peu mieux avant de vous parler de certaines choses. Une fille doit avoir des petits secrets, non ?

Entre nous, je suis ravie que vous aimiez écrire. Il y a quelque chose de lent, de spécial dans la correspondance écrite. J'adore composer mes lettres et attendre votre réponse. Ma journée me paraît plus excitante ; je me demande ce que me réserve le facteur. Je vous remercie donc.

Pour en revenir à la croisière vacances-mariage d'amour, je pense que je devrais y réfléchir encore un peu. Je n'ai jamais pris beaucoup de vacances ni quitté la région. Parfois je rêve d'endroits plus chauds ; peut-être parce que ma mère m'en parlait, je ne sais pas.

Je m'excuse de ne pas avoir joint une photo à ma première lettre. Mes cheveux sont ce que Jon Davies, le chargé de la salle d'histoire du Montana, appelle « blond eau de vaisselle » (personnellement, je préfère « blond cendré ») ; j'ai vingt et un ans. Cette photo a été prise l'année dernière, le 4 juillet, au rodéo d'Arlee, une petite ville non loin de Missoula. La fille qui tient un hamburger, c'est moi. Croyez-le ou non, la photo est parue dans *People Magazine* ! Elle illustrait un article consacré aux divertissements de l'été. J'ai l'air de m'amuser, non ? Pourtant je ne m'amusais pas. C'était un de mes mauvais jours, mais je ne m'étendrai pas là-dessus.

Donc vous aimez votre métier. Manipulateur d'explosifs, je reconnais que cela sonne mieux que « Employée du Prêt Inter-Bibliothèques ». Ne vous méprenez pas – mon travail me plaît – mais j'aimerais bien faire exploser les choses, parfois.

Utilisez-vous de la dynamite ? Ah, encore une question : est-ce que les gens vous téléphonent pour vous dire : « Allô, Johan, une petite explosion et plus vite que ça ? » Et quand vous étiez petit, rêviez-vous déjà de faire ce métier ?

Moi, je voulais devenir actrice. Je ne parlais que de ça quand j'étais petite, disait mon père. Je rêvais d'être célèbre. Mais il n'était pas d'accord. Il ne voulait me partager avec personne. Il m'aimait tant.

Un jour, nous sommes allés au supermarché ; c'était le Jour du portrait. Pendant que mon père achetait un tuyau d'arrosage, j'ai regardé des gosses qui posaient devant une toile de fond grise et souriaient au photographe, en tirant sur leurs vêtements. Je savais que je ne devais pas demander à mon père de me faire photographier. Il n'aimait pas la télévision non plus, ni les journaux. C'était un homme bizarre. Maintenant je m'en rends compte. Peut-être m'aimait-il trop. Il disait que j'étais la lumière de sa vie.

Je n'ai jamais vraiment eu de raison de me faire prendre en photo. L'année dernière, on nous a demandé des photos d'identité pour la carte de la bibliothèque, mais j'imagine que vous ne voulez pas d'un portrait pris dans un Photomaton. Donc la photo du rodéo est la seule que je peux vous envoyer. J'espère que vous répondrez quand même à ma lettre. Ce n'est pas grave, si vous ne répondez pas ! Mais j'espère que vous le ferez.

Bien à vous,

Agnes Fowler

11

Le guide de poche conseillait, pour approcher un inconnu, d'y aller doucement. Après avoir passé quelques jours à punaiser mes photos et à attendre à côté du téléphone, j'ai décidé de suivre l'une des deux pistes que j'avais notées sur une serviette en papier : celle du Charley B's.

Il faisait un froid épouvantable quand j'ai descendu Higgins Avenue. J'ai acheté une paire de gants et une énorme doudoune à l'Armée du Salut, mais même mise par-dessus les fuseaux de Madeline, elle ne me protégeait pas du vent glacial. Le temps d'arriver au Charley B's, les joues me brûlaient. J'ai poussé la porte du bar : aussitôt la chaleur et la fumée des cigarettes m'ont enveloppée.

Une série de photos d'hommes au visage buriné, dans des cadres, était accrochée sur le mur du fond, face au grand bar. La plupart des tabourets étaient occupés. Au fond de la salle, il y avait un billard entouré de tables en bois, et sur une vitre encastrée dans le mur, une publicité pour le Dinosaur Café. Je voyais un cuisinier s'agiter derrière la vitre, sortant un panier de frites de l'huile bouillante.

Dans le bar régnait l'hilarité propre aux gens

malheureux pendant les périodes de fêtes. On avait scotché des branches de houx en plastique sur une glace et un panneau annonçait : « LE PICHET DE PABST : 5 $. » Apparemment, une bonne partie de la clientèle avait choisi la Pabst : à l'exception de quelques types à l'air lugubre qui buvaient du whisky au comptoir, tout le monde partageait de grands pichets de bière.

Tout en fixant la photo de ma sœur sur le panneau d'affichage, j'ai parcouru la foule des yeux : étudiants à cheveux longs, de sexe indéterminé, portant pulls et casquettes, hommes aux cheveux grisonnants, quelques filles d'une vingtaine d'années qui avaient quitté le cocon de leurs parkas. Je les ai observées attentivement, mais aucun déclic ne s'est produit. Je me suis assise au bar, au milieu des buveurs plus âgés, et j'ai commandé une bière.

La barmaid a glissé vers moi un dessous de verre ; elle avait une quarantaine d'années, des cheveux frisottés remontés très haut en queue-de-cheval, comme une pom-pom girl, et un tee-shirt qui disait : « Offrez-moi une Bud. »

« Deux cinquante, a-t-elle annoncé.

— Merci. » Je lui ai donné un billet de cinq dollars.

Elle est revenue avec la monnaie et un grand verre de bière glacée. Elle avait les dents mal plantées, mais un sourire avenant. « Il fait sacrément froid, lui ai-je dit.

— Pardon ?

— Il fait drôlement froid ici. C'est la première fois que je viens dans le Montana.

— Ah... Vous montez à Glacier ?

187

— Non, je reste ici. » Elle a hoché la tête, puis s'est détournée. Mon histoire ne l'intéressait pas.

J'ai bu une gorgée de bière. J'avais débuté ce voyage, pleine d'espoir, avec l'impression d'accomplir une espèce de mission. À présent, je ne savais plus trop quoi faire. Je me suis attardée au bar, imaginant la vie des gens autour de moi : ce garçon en K-way et cette fille tatouée assise à ses côtés, qu'est-ce qui les avait amenés dans ce bar enfumé du Montana ? Missoula avait l'air d'une ville où les gens venaient d'ailleurs. Elle me rappelait un peu La Nouvelle-Orléans : un endroit où l'on peut trouver sa place si on ne l'a pas trouvée chez soi.

Après quelques bières, je suis retournée dans ma suite nuptiale. J'ai essayé d'appeler Winnie, mais l'un de ses enfants m'a dit qu'elle était sortie. Kit n'était pas là non plus. J'ai regardé le téléphone, et puis j'ai appelé Madeline. Elle a décroché à la première sonnerie. « Allô ? Allô ? a-t-elle fait d'une voix paniquée.

— Madeline ? C'est moi.

— Oh, excuse-moi, il est très tard, ici.

— Désolée.

— Ça va. Attends, je prends la communication dans le salon. » J'ai entendu un bruit de pas traînants et j'ai imaginé ma sœur s'installant dans son grand canapé de velours. « Je ne peux pas dormir, de toute façon. J'ai tout le temps la nausée.

— C'est affreux.

— Tu peux le dire. Mais je crois que ça vaut la peine. Alors, du nouveau ?

— Oui, ai-je répondu, sur la défensive.

— Alors ? » a répété Madeline, après un long silence.

J'ai soupiré. « J'ai punaisé des photos dans tout Missoula. »

Elle a ricané, puis s'est excusée.

« Je fais ce que je peux.

— Tu vis dans un monde de rêves.

— Alors, laisse-moi y rester.

— C'est toi qui m'as appelée, non ? »

La semaine suivante, j'ai erré dans la ville, en doudoune et fuseaux, accrochant des photos, avalant des hamburgers graisseux, appréciant de plus en plus le Jack Burger au piment rouge d'un bar qui s'appelait le Missoula Club. (Les gens du coin l'appelaient le « Mo Club », mais je ne faisais pas encore partie des gens du coin.)

Après l'un de ces hamburgers et une soirée solitaire passée à lire *Les Joies du sexe*, je me suis réveillée au milieu de la nuit. Comme d'habitude, le néon du Thunderbird éclairait ma fenêtre. Je venais de rêver d'Ellie marchant le long d'Esplanade Avenue et entrant dans ma maison. Elle ramassait des cailloux par terre et les lançait contre ma fenêtre. Mais je ne parvenais pas à me réveiller, à sortir sur le balcon pour la regarder. J'étais clouée dans mon lit, et Ellie attendait, en dehors de mon champ de vision.

J'ai décidé d'aller boire un verre. Quelque chose avait dû m'obliger à sortir de mon rêve, car, dès que j'ai passé la porte du Charley B's, je l'ai vue.

12

Du bureau de
AGNES FOWLER

Cher Johan,

Bon, d'accord, c'est curieux, mais juste après avoir posté ma dernière lettre, je suis allée me promener. Il fait encore très froid ici, à Missoula. (Mais je ne vous apprends rien à ce sujet.) Je me promenais dans Higgins Avenue, emmitouflée dans mon nouveau manteau rouge, quand j'ai remarqué, collée sur la vitrine du studio de photographie Snappy, une affichette devant laquelle j'avais dû passer des centaines de fois. On y lisait : « Votre portrait sexy pour lui. Le cadeau idéal. » On y voyait une femme allongée sur le ventre, sur un divan bleu. Johan, elle était nue ! Choquée, j'ai poursuivi ma route.

Mais il faisait vraiment froid ; j'ai décidé de m'arrêter prendre un verre au Bridge. Pendant que je buvais mon chardonnay en regardant tous ces étudiants rougeauds qui mangeaient des pizzas, je me suis dit : pourquoi pas ? Mon père refusait que je grandisse. Il m'adorait, me chérissait comme une enfant, mais puisqu'il n'était plus là, pourquoi ne poserais-je pas pour une photo sexy ? Je suis une femme, à présent.

Quelques verres de chardonnay plus tard, je suis rentrée chez moi et j'ai téléphoné au studio de photo. « Snappy à l'appareil, a fait une voix masculine.

— Bonjour, je m'appelle Agnes Fowler.

— Bien, qu'est-ce que je peux faire pour vous, chérie ? »

Chérie ! Autant que je m'en souvienne, personne ne m'avait jamais appelée « chérie ». Je dois dire que cela ne m'a pas dérangée.

« Snappy, j'aimerais avoir un portrait de moi un peu sexy, pour quelqu'un.

— Agnes, qui est l'heureux élu ?

— Vous ne le connaissez pas.

— Pourquoi ne pas venir demain à quatre heures ? Apportez votre robe préférée, coiffez-vous, enfin, faites ce que vous voulez.

— Promis », ai-je dit avant de raccrocher, toute guillerette. Pendant toute la soirée, j'ai passé en revue ma garde-robe. Inutile de dire que je n'ai rien trouvé de très sexy : des jupes, des chemisiers, des cardigans que je mets quand il fait très froid dans la bibliothèque. J'avais deux robes : celle que j'ai portée à l'enterrement de mon père et une autre, imprimée de grosses feuilles de nénuphar, que j'avais achetée pour le pique-nique quadrille organisé chaque année par la bibliothèque. Dans le genre, elle était jolie, mais pas franchement sexy.

J'ai pris une journée de congé. Le matin, je suis allée au Bon Marché. La vendeuse, très jeune,

191

portait un badge avec son prénom, Yolanda. (Ça ressemble à Johan !)

Je lui ai expliqué l'histoire du portrait, et elle s'est mise au travail. J'étais un peu embarrassée à cause de mes sous-vêtements (je n'entrerai pas dans les détails), mais Yolanda a tout de suite compris. Elle m'a apporté deux robes, une rouge sans bretelles, une noire si profondément décolletée dans le dos que j'en ai rougi, une brassée de sous-vêtements en dentelle et une paire d'escarpins à hauts talons. J'ai tout acheté. Et puis je me suis dirigée vers le rayon maquillage.

Yolanda a dit à l'esthéticienne de me faire le Soin de Star. J'ai passé un moment très agréable. Il faisait chaud, mais pas trop, au Bon Marché. Des haut-parleurs diffusaient de la musique rock en sourdine. Et comme il n'y avait ni fenêtre ni pendule, j'ignore pendant combien de temps des doigts ont couru sur mon visage ; crème hydratante, fond de teint, fard à joues appliqué avec une houppette légère, fard à paupières, mascara, crayon pour le contour de la bouche et rouge à lèvres. Enfin, Yolanda m'a présenté un miroir.

J'ai fait : Wouah ! Une vraie pin-up ! En sortant, je suis partie d'un pas léger vers le salon de coiffure, en prenant garde à ne pas abîmer mes hauts talons dans la neige. Une dame ne doit pas trahir ses secrets de beauté, m'a prévenue Yolanda, mais je vous assure qu'on peut faire des miracles avec de la mousse coiffante et un sèche-cheveux. J'ai même eu le temps de prendre un verre de vin avant d'aller à mon rendez-vous.

Snappy a failli lâcher son Coca Light quand j'ai

poussé la porte de sa boutique. « Snappy, ai-je susurré – je me sentais très sûre de moi avec le maquillage et le verre de vin – comment allez-vous, chéri ? » Je me suis penchée en avant, pour qu'il puisse sentir mon parfum.

« Agnes, vous êtes… divine ! »

Il a mis un CD de Marvin Gaye et m'a offert un Coca Light, puis m'a conduite dans son studio. J'ai vu le divan bleu. Au début, j'étais un peu raide, mais Snappy m'a installée dans la bonne position, un bras replié au-dessus de la tête, l'autre sur mon ventre.

Il a pris son appareil photo et s'est mis au travail. Il murmurait « Un peu plus haut, chérie… Voilà, c'est ça… Oh mon Dieu, Agnes, c'est par-fait ! » J'ai passé un moment génial sur ce canapé. J'ai changé de robe derrière un paravent chinois et finalement (allez, je vous le dis), Snappy a pris quelques clichés de moi en petite tenue, dans ma lingerie toute neuve.

Donc voilà la photo que vous m'avez réclamée. Je porterai peut-être cette robe rouge pour la croisière. Je ne me suis pas encore décidée, mais je pourrais en parler à Frances ; on verra. Qu'en pensez-vous ? Comment sont les étoiles en juin en Alaska ?

Bien à vous,

Agnes Fowler

13

Après une marche dans la bise glaciale, la chaleur du Charley B's était réconfortante. Le juke-box jouait « *Sailing takes me away...* » Je me suis avancée vers le bar où travaillait Kendra, dont j'avais fini par connaître le prénom, après quelques nuits passées à boire. J'ai commandé une bière et bu une gorgée.

Et là, à l'autre bout de la salle, j'ai vu Ellie.

J'ai dû lutter pour reprendre ma respiration. La porte du Charley B's s'est refermée derrière moi. Ellie portait un pull à col roulé marron clair et un jean ; ses cheveux bruns tombaient sur ses épaules. La ligne de son nez, la courbe de ses lèvres, ses paupières, tout concordait. On aurait dit une enfant ; on devinait son ossature délicate. Elle était attablée, au fond du bar, en compagnie d'un homme plus âgé qu'elle, au visage tanné, coiffé d'un bonnet de laine sale.

Ellie – ou son sosie – ne parlait pas. Elle regardait le fond de son verre de bière. J'ai voulu courir vers elle, la toucher, la serrer dans mes bras, mais je n'ai même pas enlevé ma doudoune. Je suis allée mettre des pièces dans le distributeur de cigarettes, j'ai actionné le levier et un paquet de Camel est tombé. *Vas-y doucement*, me suis-je répété, *vas-y doucement*. Je suis retournée au comptoir.

« C'est quoi que vous buvez ? m'a demandé mon voisin.

— Euh, de la bière. » Il avait à peu près mon âge, et une grosse figure ronde sous une casquette de base-ball.

Il a souri. « Oui, mais quel *genre* de bière ? » Il draguait, ou quoi ? À New York, son truc ne prendrait jamais.

« De la Newcastle », ai-je répondu en me tournant vers la table où était assise Ellie. Celle-ci a repoussé une mèche de cheveux derrière son oreille minuscule et a bu une gorgée.

« De la Newcastle ! Ça alors ! Et si je vous offrais une Leinenkugel ? a repris mon voisin avec un large sourire.

— Merci, ça ira.

— Vous avez déjà bu de la Leinenkugel ?

— Sam, a dit Kendra en se penchant sur le comptoir, tu peux laisser la dame tranquille ?

— Je posais la question, c'est tout.

— Il est peut-être temps de rentrer chez toi, Sam.

— D'accord, d'accord, a-t-il bougonné en allant s'asseoir deux tabourets plus loin. J'embête personne, d'accord. »

J'ai remercié Kendra. « Pas de quoi, c'est mon boulot.

— Moi aussi, je suis serveuse. À La Nouvelle-Orléans. » J'avais envie de parler, je me sentais seule et j'avais froid. « Ou, plus exactement, je travaille dans un bar à cocktails.

195

« — Si tu le dis, mon chou », a fait Kendra en s'éloignant. J'ai pensé à tous les clients que j'avais fuis au Highball, tous ces gens qui essayaient désespérément de lier conversation. J'ai bu une longue gorgée de bière, et je me suis tournée vers Sam.

« Je veux bien essayer la Leinenkugel.

— Pas de problème ! »

À ce moment, j'ai vu Ellie se lever et enfiler son manteau, en laissant son verre à demi plein. J'ai écrasé ma cigarette. Le type qui l'accompagnait l'a agrippée par le bras et l'a guidée vers la sortie de l'arrière-salle.

« Excusez-moi, ai-je dit à Sam. Il faut que je m'en aille. » J'ai pris ma doudoune et ma casquette.

« Attendez ! Vous venez juste d'arriver !

— Désolée ! » ai-je crié en courant vers la sortie. J'ai bousculé des clients et couru jusqu'à la lourde porte. Trop tard. La rue enneigée était déserte.

Le lendemain matin, j'ai acheté le *Missoulian*, le journal local, et une tartelette à la fraise, puis je suis remontée m'asseoir sur mon lit. Désormais, il s'agissait de patienter. Je savais. Ellie vivait à Missoula et Missoula était une petite ville. Je finirais bien par la rencontrer. Je devais seulement attendre mon heure.

J'ai feuilleté les petites annonces, locations d'appartements, offres d'emploi. Et là, j'ai lu :

« Recherche pianiste. Se présenter au Cee Cee's Cocktails, 30 North Front Street. »

J'étais pianiste, non ? J'ai tendu les mains examiné mes doigts. Bon, j'avais besoin d'une manucure, mais à part cela, ils avaient l'air de fonctionner. J'ai attrapé l'annuaire dans le tiroir de la table de chevet, cherché la rubrique Manucure et pris rendez-vous.

Cee Cee était une grosse femme aux cheveux courts. Son pianiste précédent, un aveugle prénommé Karl, avait « déménagé au Texas », m'a-t-elle expliqué en secouant la tête, repensant à ce coup de folie. L'établissement semblait plutôt mal famé, avec son papier peint doré délavé et ses lumières tamisées. « Autrefois c'était un bordel, a soupiré Cee Cee d'un ton nostalgique, avant de désigner le piano demi-queue. Allez, fais-moi pleurer », m'a-t-elle ordonné en allumant une cigarette, une main posée sur la hanche. Je me suis assise sur le tabouret. Deux types qui avaient déjà commencé à boire me regardaient.

Je n'avais pas joué sérieusement depuis des années. J'ai fermé les yeux et essayé de penser à Cee Cee. Elle n'avait pas l'air particulièrement malheureuse, mais tout le monde porte une part de tristesse au fond de soi. Comment toucher ce point sensible avant de l'apaiser avec quelques notes de musique ? J'ai commencé à jouer *Through With Love*, tout d'abord timidement, puis avec aisance. C'était bon de jouer en public ; j'avais l'impression que mes doigts bougeaient tout seuls. Quand j'ai eu fini, Cee Cee m'a demandé : « Tu chantes ?

— Euh...

— Génial. Tu peux commencer lundi. Mais trouve-toi quelque chose à te mettre, mon chou.

Une robe longue. » Elle a cligné des yeux. « Tu as une robe longue ?

— Euh…

— Génial. Donc lundi, six heures. »

J'ai cherché quelque chose à dire, mais Cee Cee s'est mise à tousser, une grosse toux de fumeuse ; j'ai hoché la tête et je suis partie.

Ce week-end-là, après avoir lu dans le journal un article sur les courses de chiens de traîneaux de Lolo, j'ai décidé d'aller y faire un tour, pour passer le temps. Tôt le samedi matin, j'ai pris le bus qui s'arrêtait devant le Thunderbird. Il y avait quelques passagers : une fille aux cheveux gras qui griffonnait furieusement sur un cahier et un type braillard qui parlait à qui voulait l'entendre du prochain festival d'escalade sur glace qu'apparemment il parrainait. Le bus a quitté Missoula et pris la direction des montagnes de l'Idaho. Lolo était une station de ski de fond et de motoneige, mais ce week-end-là était réservé aux courses de chiens de traîneaux.

Quand je suis descendue du bus, la neige soufflait en tempête. Les flocons me fouettaient les joues. J'ai mis la main au-dessus de mes yeux et j'ai vu une dizaine de camions garés en file. Chacun d'eux était entouré par toutes sortes de chiens : certains ressemblaient à des peluches avec la queue en tire-bouchon, d'autres à des loups, d'autres encore à des chiens de chasse. Le premier camion, rouge, était immatriculé dans le Wyoming ; à l'arrière on avait installé un chenil, des bols d'eau et de nourriture. Les chiens ont tiré sur leur chaîne à mon approche. L'un d'eux s'est redressé sur les pattes arrière et a posé ses pattes avant sur ma poitrine. J'ai éclaté de rire.

« Ils aiment qu'on s'intéresse à eux », a dit une voix. J'ai levé les yeux : c'était l'homme au bonnet de laine sale que j'avais vu en compagnie d'Ellie au Charley B's. Il avait des yeux bleus, très pâles, couleur de glace. Des boucles de cheveux gris s'échappaient de son bonnet. Il était séduisant, mais son air dur m'effrayait.

« Ce sont vos chiens ?

— Non, je les entraîne. Le propriétaire est à Jackson's Hole.

— Ils sont magnifiques. »

L'homme m'a tendu une main aux ongles sales. « Je m'appelle Daven.

— Moi, c'est Caroline. » Il avait une forte poigne.

« Celle-là, c'est Jetta. Un husky, m'a-t-il dit en montrant le chien qui avait mis ses pattes sur moi.

— Jetta ?

— Oui, le propriétaire leur donne des noms de voitures. » J'ai caressé la chienne. Une autre bête, El Camino, m'a sauté dessus. « Je participe à la course de traîneaux tirés par six chiens dans une heure. Vous voulez m'aider ?

— Pardon ?

— J'ai besoin d'une personne supplémentaire pour les tenir. Vous prenez Forester, le chien de tête, et vous le tenez par le collier jusqu'au moment du départ.

— Je veux bien. » J'étais gênée, je ne savais pas s'il me draguait.

« Super. C'est sympa de votre part. »

J'ai acheté une tasse de café dans une tente bleue et je suis allée la boire dans une sorte de tipi chauffé au propane, dont le sol était recouvert de foin. Deux vieilles dames sont entrées, en parlant d'une dénommée Shirley. Mon café bu, je suis retournée au camion de Daven. Le public commençait à affluer sur le terrain de courses. Je voyais la ligne de départ, où étaient installés des haut-parleurs qui diffusaient à tue-tête *Brown Sugar*, des Rolling Stones. Je me suis rendu compte que j'avais un sourire jusqu'aux oreilles.

Jetta s'est de nouveau jetée sur moi quand je me suis approchée du camion. « Salut, Jetta, doucement... » J'ai senti son haleine chaude sur mon visage.

Daven a ouvert la portière côté conducteur. « Caroline, je te présente Charlene. »

Elle est descendue lentement du camion. J'ai vu une botte marron, une jambe mince gainée de jean, un bonnet rose à pompon, une chevelure souple. Elle a levé la tête et j'ai retenu ma respiration. Ellie.

Elle a souri. Ses dents étaient parfaitement alignées, mais jaunies. Elle était maigre et paraissait en mauvaise santé. J'ai pensé : « Mon Dieu qu'elle est jeune, qu'est-ce qu'elle fait avec ce type ? » Mon cœur s'est brisé.

« Salut, ai-je murmuré.

— Salut. » Elle m'a tendu la main. Je l'ai prise, j'ai touché sa peau.

« Je m'appelle Caroline », ai-je repris en la regardant bien en face, priant pour qu'elle me reconnaisse.

Son regard a évité le mien. Une lumière bizarre

200

dansait dans ses yeux, qui fuyaient de façon déconcertante. Ses pupilles étaient dilatées. Je voyais bien qu'elle avait pris une drogue quelconque. « Caroline va t'aider à tenir les chiens », lui a dit Daven. J'ai hoché la tête.

« Super, a répondu Ellie, toujours sans me regarder. Chéri, je peux avoir une cigarette ? » Elle avait un débit rapide, saccadé.

« Juste une », a dit Daven en sortant un paquet de sa poche. Elle a pris une cigarette. Sa main tremblait. « Caroline, tu en veux une ? a proposé Daven.

— Oui. » Nous sommes restées là, à fumer. J'avais traversé tous les États-Unis pour vivre cet instant-là, mais à présent qu'il était arrivé, je me sentais paralysée. Pas une seconde je ne m'étais imaginé qu'Ellie ne me reconnaîtrait pas, ou qu'elle s'appellerait Charlene.

La neige tombait dru et les chiens tiraient sur leur chaîne. Je commençais à avoir froid aux orteils, mais je n'aurais pas quitté Ellie pour tout l'or du monde. Je pensais à toutes les choses que je pouvais lui dire pour réveiller sa mémoire : *Je viens de La Nouvelle-Orléans, ma sœur Madeline adore les chiens, elle aussi...* mais personne ne parlait.

« Tu es du Montana ? m'a demandé Daven.

— Non, je viens de La Nouvelle-Orléans.

— Ah... La Grosse Paresseuse.

— Ouah ! La Nouvelle-Orléans ! » a fait Ellie. Son débit rapide me rendait nerveuse.

« Tu es déjà allée là-bas ?

— Je ne crois pas. » Elle a passé sa langue sur

ses lèvres sèches. En la regardant plus attentivement, je me suis aperçue qu'elle transpirait.

J'ai bredouillé : « Tu es... tu es d'ici ? »

Daven l'a fusillée du regard. « Non », a répondu Ellie, trop fort.

« Personne n'est d'ici. Nous venons tous d'ailleurs, non ? a dit Daven. Caroline, tu cherches du travail ?

— Pardon ? Du travail ? Non.

— Tu as trouvé du boulot ? a demandé Ellie.

— En fait... »

Daven m'a coupé la parole, en tapotant sa montre.

« Les filles, c'est l'heure de la course. »

Avec l'aide d'Ellie, il a démêlé six harnais et attelé les chiens au traîneau en bois. Il s'est mis à l'arrière et a dirigé ses bêtes en pesant de tout son poids sur les patins. Il y avait un grand frein, en cas de problème. Nous avons agrippé les chiens par leur collier et nous nous sommes dirigés vers la ligne de départ.

Il y avait des dizaines de spectateurs ; les chiens aboyaient, hurlaient en tirant sur leur harnais. Dans les haut-parleurs, Aerosmith beuglait *Love In an Elevator* ; le maître de cérémonie a annoncé le départ de la course : dix kilomètres dans les bois. Le parcours était affiché sur une grande carte. L'attelage de Daven étant le troisième au départ, nous avons regardé les deux premiers se mettre en position.

« Nous sommes prêts ! a hurlé le maître de cérémonie. En ligne ! Attelage n° 1, Craig Land, de Whitefish, Montana. À la tête de l'attelage, Pee-Wee. Prêts à lâcher les chiens ? Dix, neuf, huit, sept... » Les bêtes surexcitées grognaient, montraient les crocs, tiraient sur les harnais, sautaient en l'air. La vue de la piste damée les rendait folles. À la fin du compte à rebours, Craig Land – un grand type avec un bonnet de fourrure – a sauté dans son traîneau ; ses acolytes ont lâché les chiens, qui ont filé comme l'éclair, entraînant tout l'attelage.

Le suivant était mené par une femme, Vivian Mason. Daven m'avait expliqué qu'elle vivait dans les bois, aux environs de Bonner ; l'hiver, elle utilisait ses chiens, des huskies d'Alaska, pour tous ses déplacements.

Vint le tour de Daven. Ellie et moi retenions les deux chiens de tête : moi, Forester, un gros husky aux yeux vairons. Il était tellement excité qu'il a failli me faire tomber. Mais je le tenais fermement. Le compte à rebours a commencé. Daven a enfoncé son bonnet de laine sale sur sa tête. J'ai lâché Forester. Daven s'est penché en arrière, a plié les genoux et s'est élancé.

J'ai posé la main sur le bras d'Ellie. « Tu veux un chocolat chaud ? » Nous sommes retournées dans la tente bleue, puis dans la hutte. À présent que nous étions enfin réunies, je ne trouvais rien à dire. Elle paraissait repliée sur elle-même, tendue.

« Comment as-tu rencontré Daven ?

— Sur Internet. »

Oh, Seigneur. « Tu aimes le Montana ?

— Je crois. C'est bien.

— C'est curieux, tu n'as pas une tête à t'appeler Charlene. »

Elle a brusquement ouvert les yeux, puis a

cherché à cacher son affolement. « Tu connais beaucoup de gens qui ont un prénom qui leur va ?

— C'est ton vrai prénom ?

— Évidemment, a fait Ellie d'un ton guère convaincu. On sort d'ici ? »

Nous nous sommes dirigées vers la ligne d'arrivée. Alors que nous attendions debout dans la neige, ma sœur a murmuré quelque chose.

« Qu'est-ce que tu dis ?

— Caroline, c'est un prénom qui te va bien. »

Nous avons regardé les chiens, au loin, qui galopaient vers la ligne d'arrivée.

Peu à peu, elle a paru se détendre. Après la course, nous avons attendu à côté du camion, pendant que Daven nourrissait les bêtes.

« Tu sais, je joue du piano au Cee Cee's. Tu pourrais venir m'écouter, un soir. »

Ellie a repoussé une mèche de cheveux derrière son oreille. « On ne sait jamais.

— Daven en a pour longtemps ?

— Il reste ici toute la journée. »

Elle a commencé à me parler de lui, de ses chiens. Ils adoraient les animaux tous les deux. « J'ai accroché la photo d'un bébé lynx sur notre mur, à La Wilma.

— La Wilma ?

— Tu sais, la grande tour, au bord de la rivière. Nous habitons là. »

Je connaissais l'endroit dont elle parlait, le seul gratte-ciel de Missoula, une grande tour en pierre avec un auvent vitré à l'entrée. « Je pensais que c'était un cinéma.

— Il y en a un, en bas.

— Les loyers sont chers?

— Les moins chers de tout Missoula. Tu cherches quelque chose?

— Peut-être.

— Je pourrais te présenter à la propriétaire. »

Enfin, j'aboutissais à quelque chose, ne serait-ce que louer un appartement minable.

« Ce serait super. »

« Vous travaillez? m'a demandé la propriétaire, une femme au visage ridé, assise à son bureau installé dans les sous-sols de La Wilma.

— Oui, madame.

— Appelez-moi Diane, a-t-elle dit en tirant une bouffée de sa cigarette. Qu'est-ce que vous faites, comme travail?

— Je suis pianiste au Cee Cee's.

— Au Cee Cee's? a fait Diane, en crachant les deux syllabes.

— Oui, dans Front Street... »

Diane a écrasé sa cigarette. « Je sais où se trouve le Cee Cee's. » Nous l'avons suivie dans un vieil ascenseur aux parois recouvertes de papier peint rayé. Diane a refermé la porte d'une poussée et s'est laissée choir sur un tabouret recouvert de fourrure avec des pompons, dans un coin de l'ascenseur.

« Caroline sera au même étage que moi? » a demandé Ellie d'un ton joyeux. Elle semblait tout excitée que nous soyons devenues amies.

« Vous partagerez même la salle de bains et le téléphone.

— Pardon ? »

Ellie s'est penchée vers moi. « Il y a une salle de bains commune à l'étage. C'est pas si terrible que ça, finalement. Nous ne sommes que deux. Enfin trois, maintenant ! » Elle a souri. « Et il y a un téléphone à pièces dans le couloir. »

Arrivée au second, Diane s'est péniblement levée de son tabouret et a ouvert la porte de l'ascenseur. « Bienvenue chez vous », a-t-elle grincé.

Une moquette orange couvrait le sol du couloir. Sur le mur, deux tableaux, accrochés de guingois, représentaient, l'un un singe accroché à une branche, l'autre des chatons dans une corbeille. J'ai senti une odeur de sauce tomate. « Voilà la salle de bains », a annoncé Diane en ouvrant la porte d'une pièce minuscule, mais propre, avec une douche, un lavabo et des toilettes.

« Ça, c'est mon pot-pourri et ça, mes petits savons en forme d'étoiles de mer », a dit Ellie. Ma tête s'est mise à tourner : quand nous étions petites, ma petite sœur collectionnait les étoiles de mer.

« Appartement 204 », a annoncé Diane en ouvrant la porte située juste en face de la salle de bains. Je suis entrée. L'appartement, meublé d'un mobilier marron, se composait de trois pièces : un salon, une minuscule cuisine au mur couvert d'un curieux treillage, et une chambre avec un lavabo. « Avant, c'était un cabinet dentaire, a expliqué Diane.

— Regarde la vue », m'a dit Ellie.

La vue était splendide. Les fenêtres, situées de

chaque côté de l'auvent de l'entrée, donnaient sur les montagnes et la rivière Clark Fork.

« Je vous paye un loyer mensuel, c'est ça ? ai-je demandé à Diane.

— Sûr, mon chou.

— Tu vas adorer l'endroit ! » s'est écriée Ellie en battant des mains. Tous ses gestes me semblaient peu naturels. Mais je me suis laissée aller à sa gaieté. Rien ne m'attendait chez moi, et cette fille était peut-être ma sœur, après tout. J'ai décidé d'ignorer le malaise qui m'envahissait. Peut-être, comme me l'avait dit ma mère, avais-je simplement peur d'être heureuse.

« Je le prends. »

J'ai déménagé mes affaires à La Wilma. Le soir, nous avons acheté une bouteille de vin et un gros sandwich pour deux, au marché en bas de la rue. C'est moi qui ai payé. Nous nous sommes installées dans ma chambre et nous avons regardé la lune au-dessus des montagnes. Ellie a bu du vin, mais à peine touché au sandwich. « Je suis fatiguée, m'a-t-elle dit. Il faut que j'aille travailler.

— Mange quelque chose.

— Je n'ai pas faim.

— Qu'est-ce qui t'a amenée au Montana ? »

Elle a bu une gorgée de vin. « Daven », a-t-elle répondu simplement.

Nous sommes restées silencieuses. J'avais du mal à respirer, je me demandais si Ellie allait me toucher, poser sa tête sur mes genoux, comme elle le faisait autrefois. « Quel est ton vrai prénom ? » lui ai-je demandé.

Elle m'a regardée. Son regard s'était voilé. « Je ne peux pas...

— Mais si, tu peux. » J'ai posé ma main sur son genou.

Elle s'est levée. « Je suis vraiment fatiguée. »

Ce ne fut qu'après avoir apporté mon chèque de caution à Diane que je me suis rendu compte, en signant le contrat, qu'Ellie avait reçu une commission de cent dollars sur le loyer.

TROISIÈME PARTIE

1

Le jour où la fille de Bernard se noya, le ciel était lumineux et sans nuages. La petite Agnes, cinq ans, levée aux aurores, s'était précipitée dans la chambre de ses parents en criant « Plage ! Plage ! » Sarah avait soupiré et s'était tournée sur le côté. Bernard était sorti du lit et avait enfilé sa robe de chambre.

« Après le café », avait-il promis.

Assis dans la cuisine de leur cottage de l'île de Tybee, au large de Savannah, Bernard et sa fille préparèrent le programme de la journée. Tout d'abord, ils s'offriraient des gaufres au Breakfast Club, puis une partie de pêche avant d'aller manger des crustacés au Crab Shack. La petite Agnes adorait le Crab Shack, parce qu'un trou était aménagé au centre des tables pour y jeter les carapaces de crabes et de crevettes. Ensuite, ils iraient à la plage jusqu'à l'heure du dîner.

Sarah était encore couchée. « Maman ! dit Agnes debout au pied du lit, les poings sur les hanches.

— Oh, pour l'amour du ciel, fous-moi la paix ! » gémit Sarah. Bernard frémit. Le langage grossier de sa femme avait perdu tout charme à ses yeux.

« Pourquoi ne viendrais-tu pas nous retrouver plus tard ?

— Commande-moi une gaufre, veux-tu ? » fit Sarah avant de s'enfouir dans ses oreillers.

Bernard et Agnes marchèrent le long de la plage, jusqu'au Breakfast Club. Le cottage familial, le deuxième construit sur l'île, était maintenant encerclé d'immeubles et de motels.

En attendant que les gaufres soient prêtes, ils s'assirent sur des tabourets, au comptoir. « D'après toi, qui est l'homme le plus heureux dans cette salle ? » demanda Bernard. La fillette fit le tour de la pièce des yeux : pêcheurs au visage rougeaud, étudiants en vacances. « Lui », dit-elle finalement en pointant son petit doigt vers Will, le garçon qui préparait les fritures. Celui-ci lui fit un clin d'œil et s'essuya le front du revers de la main. Will avait une queue-de-cheval, un tatouage Harley Davidson, et un petit faible pour Agnes.

« Tu te trompes, chérie, dit Bernard en caressant les boucles de l'enfant. C'est moi.

— T'es un peu fou, toi, papa », dit Agnes en buvant son jus d'orange.

Sarah arriva, débraillée, réclamant du café. Après le petit déjeuner, ils s'arrêtèrent chez Chu pour acheter des appâts, puis descendirent Tybrisa Street jusqu'à la plage. Hormis un petit garçon armé d'une grosse canne à pêche, la longue jetée était déserte. Sarah installa sa chaise pliante sur le sable tandis que Bernard aidait Agnes à accrocher l'appât à son hameçon.

« J'ai froid », déclara Sarah, une heure plus tard. Elle les avait rejoints au bout de la jetée, pieds nus, un vieux cardigan sur les épaules. « Et puis ce bouquin m'ennuie », ajouta-t-elle en brandissant son livre, une histoire de l'île de Tybee. Elle avait le nez rougi et ses taches de rousseur ressortaient sur ses joues.

« Un dernier lancer ? » proposa Bernard. Il commençait à avoir froid, lui aussi, et rien ne mordait. L'eau était sombre sous le ponton ; le petit garçon était parti.

« Moi, j'ai pas froid, décréta Agnes.

— Bientôt on sera au Crab Shack », dit Sarah, en donnant une petite tape sur les fesses de sa fille. Agnes portait des sandales de plage, une visière en plastique et un sweat-shirt en tissu éponge vert.

« J'ai pas froid », répéta Agnes. Elle fit un nouveau lancer ; le fil décrivit un arc de cercle parfait avant de toucher l'eau. Bernard leva les yeux : les nuages s'amoncelaient dans le ciel. Il regretta de ne pas pouvoir aller au Doc's Bar boire une bière avec Sarah ; ils auraient attendu la fin de l'orage, et puis seraient rentrés à la maison faire l'amour, comme ils le faisaient avant la naissance d'Agnes.

« Il faut y aller, mon bébé.

— Je veux pas, ronchonna Agnes. »

Une brusque colère monta en lui.

« Comme tu voudras, Agnes, dit Sarah. Viens Bernard, nous, on s'en va. »

Bernard acquiesça et commença à ranger les appâts. « Je ne veux pas te laisser toute seule », dit-il à Agnes. Pourtant, il s'éloigna lentement sur la jetée, vers la plage.

Lorsqu'il se retourna, Agnes courait vers lui en souriant.

Cet après-midi-là, sur la plage, Agnes construisit des châteaux de sable pendant que ses parents sommeillaient. Près des rochers, un homme manœuvrait un immense cerf-volant. Il avait besoin de ses deux mains pour contrôler la grande voilure rouge et bleue. « Regardez, on dirait un autre nuage, dit Agnes en mettant la main devant ses yeux pour le contempler.

— Ne t'approche pas des rochers, trésor », dit Sarah,

paupières closes. Le vin qu'ils avaient bu pendant le repas leur donnait envie de dormir.

« Promis », dit Agnes. Le sable humide collait à ses jambes, le vent fouettait ses cheveux. Soudain, le soleil troua les nuages.

Quand Bernard rouvrit les yeux, Agnes n'était plus assise devant lui. Ses fesses avaient laissé une empreinte dans le sable. Son château se dressait, tout bosselé. Bernard sauta sur ses pieds et l'appela.

Sarah se redressa d'un bond. « Où est-elle ? » Déjà Bernard courait vers les rochers. « J'ai dormi combien de temps ? J'ai dormi combien de temps ? » répétait Sarah.

L'homme au cerf-volant était passé de l'autre côté des rochers. En entendant Bernard appeler sa fille, il vint à sa rencontre. « Elle était juste là. Je l'ai vue. » Il désigna la pointe rocheuse. Les vagues s'écrasaient contre les rochers. Agnes n'était nulle part, mais Bernard découvrit l'une de ses sandales prise dans les algues.

On retrouva le corps en fin de journée. Agnes avait glissé, sa tête avait heurté un rocher, et elle était tombée à l'eau. Sarah agrippa le policier venu leur annoncer le drame. Elle hurlait « C'est pas vrai ! C'est pas vrai ! », mais Bernard savait que c'était vrai.

2

Je n'ai pas vu Ellie pendant plus d'une semaine. Tard dans la nuit, je l'entendais sortir de l'ascenseur. Parfois, la voix coléreuse de Daven me parvenait, malgré l'épaisseur des murs, et je m'inquiétais.

Alors que je faisais la queue à la caisse du supermarché, j'ai pensé à ce jour de février où mes parents avaient ramené Ellie de la maternité, enveloppée dans une couverture pour la protéger du vent d'hiver.

Madeline et moi attendions dans l'entrée. Nous avons entendu la voiture s'arrêter, et le rire de nos parents. Ils étaient heureux. La porte s'est ouverte, un air glacé m'a fouetté le visage. Ils sont entrés, très affairés, avec ma petite sœur dans les bras. Mon père a aidé ma mère à enlever son manteau.

Je me rappelle cette première fois où j'ai vu Ellie; laide, des cheveux noirs. Ma mère s'est penchée vers moi et m'a chuchoté : « Caroline, voilà ta petite sœur. » J'ai tendu la main vers Ellie, qui a saisi mon doigt avec force. Elle avait de grands yeux bleus et clignait des paupières comme un poisson. Elle s'agrippait à moi comme si elle n'allait jamais me lâcher. Mais elle l'a fait.

3

Du bureau de
AGNES FOWLER

Cher Johan,

Il y a un exhibitionniste dans la bibliothèque !
Cela n'a pourtant rien de bien excitant, mais en
cette fin d'hiver, tout le monde attend que quelque
chose se produise. Par exemple, qu'il commence à
faire chaud. Enfin chez vous, en Alaska, ce n'est
peut-être pas le cas.

Ceci étant, j'ai beaucoup apprécié votre dernière
lettre. Je suis flattée que tous vos collègues aient
aimé mon portrait, mais peut-être pourriez-vous le
garder pour vous, à partir de maintenant ? Enfin,
je dis ça en passant. Et votre poème *Les Étoiles de
juin* est divin. Vous avez trouvé tant de mots qui
riment avec « juin ». Je n'aurais jamais pensé à
pingouin. Mais je ne suis pas poète, comme vous.

C'est une étudiante de troisième cycle qui a
découvert l'exhibitionniste, au troisième étage ;
elle cherchait un livre sur les tribus aborigènes
de l'Australie-Occidentale. (Elle m'a appris que
ces gens avaient été persécutés pendant des
générations.) Et là, au niveau de la cote 994.004,
un homme se masturbait ! L'étudiante, Wendy

Weekham, complètement affolée, est descendue en courant au centre de ressources et a tout raconté au préposé.

Imaginez la scène : une équipe (composée de quelques étudiants qui travaillaient là et de Deanna, la bibliothécaire du rayon science) est montée au troisième étage, mais l'homme s'était envolé. On a bouclé la bibliothèque. On se serait cru dans un film ! À l'heure du déjeuner, nous avons dû acheter des sandwichs au thon au distributeur ; la police a passé le bâtiment au crible. Aucune trace de l'exhibitionniste.

Bref, avec tout ce remue-ménage, je n'ai pas eu le temps de parler à Frances de la croisière vacances-mariage d'amour. Je sais que la date limite d'inscription approche ; j'espère pouvoir vous donner une réponse dans ma prochaine lettre.

Johan, je dois vous avouer quelque chose ; je crois que mon cerveau ne tourne pas rond. Je ne sais pas le dire autrement. Je ne suis pas stupide ; au contraire je pense trop. C'est ce que disait mon père. Je vais répondre à la question n° 8, vous verrez ce que vous en pensez, et vous me direz si vous voulez encore me rencontrer.

8. Votre pire cauchemar.

Si loin que je me souvienne, je fais toujours le même cauchemar, de nuit comme de jour :

Je suis assoupie, deux personnes dorment à mes côtés. Elles sentent la sauce à la pomme. Je suis dans une chambre, il fait bon. Dehors, il pleut.

Quand j'ai cette vision, je souffre de ne pas voir ces deux personnes, bien que je ne sois pas sûre de

217

savoir qui elles sont. Elles me ressemblent, ce sont mes sœurs. Mais mon père m'a répété que je n'avais pas de sœurs. Je suis fille unique et pourtant je perçois le souffle de ces deux êtres. Quand je ferme les paupières, je les sens à mes côtés. Je veux ouvrir les yeux, les regarder, mais j'ai trop peur. Je reste là, allongée, dans la nuit.

Parfois, quand je suis dans mon salon, en train de lire (sur la page de garde de chacun de mes livres, j'ai écrit : propriété d'Agnes Fowler), quelque chose me dit que je ne suis pas Agnes Fowler. Je suis quelqu'un d'autre et je dois retourner à une autre vie.

Johan, qu'en pensez-vous ?

Bien sincèrement,

Agnes

P.-S. : Je joins un autre portrait sexy, mais je vous en prie, ne le montrez pas à vos collègues manipulateurs d'explosifs.

4

Du téléphone à pièces du couloir, j'ai appelé Winnie pour lui dire que j'avais un appartement.

«Au Montana? T'es devenue folle ou quoi?» Son ton m'a fait sourire.

«Tu as trouvé du travail?

— Peggy va être mannequin, a répondu Winnie.

— Non!

— Si! Elle s'est trouvé un agent, et tout et tout! Moi, Kit m'a fait embaucher au garage, mais je déteste.

— Moi aussi, j'ai un boulot.

— Non! Tu fais quoi?

— Je joue du piano dans un club.

— Tu comptes rester au Montana? Caroline, tu avais une vie ici, ne l'oublie pas.

— Je sais.

— Et cette sœur que tu cherches depuis si longtemps? Des nouvelles?»

Le téléphone étant à côté de la porte d'Ellie, j'ai chuchoté : «J'ai trouvé quelqu'un qui lui ressemble, mais pour le moment, je ne suis sûre de rien.

— Tu t'attendais à quoi?

— À autre chose.»

Winnie est demeurée un instant silencieuse, puis

a repris : « Eh bien, reviens à la maison. Tiens, Kit te passe le bonjour.

— Moi aussi. »

Tous les après-midi, vers quatre heures, j'allais au Cee Cee's. Je faisais des gammes, je dînais et je jouais jusqu'à onze heures environ. Un soir, j'ai commencé par *Scenes From an Italian Restaurant* de Billy Joel. Billy Joel met toujours les gens dans l'ambiance. Cee Cee m'avait fourni les partitions de tous les standards. Son préféré, c'était Sinatra, donc j'essayais souvent de caser *The Lady Is a Tramp* pour elle. Quand je l'ai joué ce soir-là, Cee Cee est venue directement au piano et a lâché un billet de vingt dollars dans ma corbeille à pourboires. Du coup, j'ai attaqué *These Boots Were Made for Walking*, pour lui faire plaisir.

À la fin de la soirée, j'étais bien partie, car Cee Cee m'avait pas mal ravitaillée en cocktails. Je suis rentrée à pied par des rues éclairées et me suis arrêtée sur le pont. J'ai imaginé les poissons nageant dans ces eaux tranquilles. Par ce froid glacial, si différent du climat de La Nouvelle-Orléans, mon petit appartement et ma chatte me manquaient.

En arrivant à La Wilma, j'ai appelé l'ascenseur. La porte s'est ouverte sur Diane, ma propriétaire, montant du sous-sol. « Comment va Cee Cee ? m'a-t-elle demandé, en bataillant pour refermer la porte.

— Bien. »

Diane a secoué la tête. « J'en doute pas une seconde. » Nous sommes arrivées au deuxième

220

étage et je l'ai aidée à ouvrir la porte. Elle m'a souhaité bonne nuit.

Il était tard pour appeler Madeline, mais je l'ai fait quand même. Elle a répondu à la quatrième sonnerie. « Caroline, mais où étais-tu passée ?

— Pourquoi tu dis ça ?

— Chaque fois que je t'appelle, quelqu'un décroche le téléphone et attend sans rien dire ! Qu'est-ce qui se passe ?

— Ce n'était pas moi. Le téléphone est dans le couloir, n'importe qui peut décrocher.

— Dans le couloir ? C'est pas possible ! »

J'étais seule dans la pénombre de l'immeuble silencieux. « Je crois l'avoir trouvée, ai-je chuchoté.

— Quoi ? Parle plus fort, je ne t'entends pas !

— Rien.

— Mais parle ! a crié Madeline. Reviens à la maison. »

J'ai failli répondre *Je ne sais même pas où c'est, ma maison*, mais je me suis reprise. « Pas maintenant, Madeline. »

Il faisait nuit quand j'ai entendu Ellie quitter son appartement. J'en avais assez d'attendre à ne rien faire ; j'ai décidé de la suivre. J'ai enfilé ma doudoune et mes fuseaux. Quand elle est entrée dans l'ascenseur, je suis descendue par l'escalier et je l'ai aperçue dans la rue, deux immeubles plus loin.

Il faisait horriblement froid. J'ai enfoncé mes mains dans mes poches. Dans le silence, je n'entendais que le bruissement de mes fuseaux. Je voyais le manteau rouge d'Ellie au milieu des

221

flocons de neige. Mes semelles glissaient sur le trottoir verglacé.

J'ai traversé Higgins et ralenti en la voyant pousser la porte d'un café-restaurant bien éclairé. J'ai couru pour la rattraper, manquant de me faire renverser par une camionnette marron. En face du comptoir en formica, les plats du jour étaient affichés sur un panneau, en lettres plastifiées : « poulet frit, Texas toast, œufs brouillés à la cervelle ». Les hommes assis au comptoir mangeaient en buvant de la bière. Ellie n'était pas en vue.

Du coin du restaurant montait la musique aigrelette d'une machine à sous. Juste à côté, il y avait un rideau rouge. Après avoir jeté un coup d'œil aux toilettes, je me suis arrêtée devant le rideau. J'entendais jouer « *Pour some sugar on me...* » J'ai respiré un grand coup – personne ne me regardait – et j'ai tiré le rideau.

Derrière, j'ai découvert une salle, ou plutôt une boîte de nuit. Un gros type assis sur un tabouret m'a examinée des pieds à la tête. « Ça fera cinq dollars. » J'ai sorti un billet de dix de mon portefeuille et il m'a rendu cinq billets de un dollar, tout chiffonnés. « Amusez-vous bien », m'a-t-il dit avec un sourire à faire peur.

En entrant, je me suis rendu compte que cette boîte, c'était le Mulligan's (le deuxième nom que j'avais inscrit sur la serviette en papier). Aussitôt, la musique m'a martelé la tête : Def Leppard, puis Whitesnake. J'ai commandé un whisky Coca au bar. De là, je voyais la scène, sur laquelle une fille nue, d'une maigreur épouvantable, complètement défoncée, s'agitait d'avant en arrière en s'efforçant de suivre le rythme de la musique. Un type coiffé d'un chapeau de cow-boy a levé la main en agitant un billet ; elle s'est avancée vers lui sans se presser, lui a tourné le dos et s'est penchée en avant. Il lui a glissé un billet dans la raie des fesses. Un dollar. J'ai plongé le nez dans mon verre. Je me sentais triste et nauséeuse.

La fille est repartie en sautillant. Ses cheveux étaient mous, son regard vitreux. J'étais la seule femme parmi la vingtaine de clients de la salle. Et je ne voyais pas Ellie. La musique continuait de me marteler la tête.

La fille défoncée a fini par quitter la scène en clopinant. La musique s'est arrêtée. Au bout d'un moment, les clients ont commencé à râler. J'ai commandé un autre verre, un whisky sec. J'avais un mauvais pressentiment et je ne me trompais pas.

Pendant que les boucles trip hop de Moby s'insinuaient dans la salle, elle s'est glissée furtivement sur scène, vêtue d'un déshabillé et d'une nuisette rouge, en bottes de cuir vernis à hauts talons. Le clou du spectacle : Ellie.

Elle avait toujours aimé danser. Je me souvenais d'elle à ses cours de danse classique, de sa silhouette potelée prise dans un justaucorps couleur chair, pendant les spectacles de l'école. Même lorsque nous nous promenions dans le quartier, Ellie marchait devant nous en dansant et balançant les bras sur un rythme connu d'elle seule. À la maison, elle nous obligeait à nous lever et nous suppliait de danser le tango avec elle. Assise dans ce club de strip-tease minable, j'ai soudain compris tout ce que j'avais manqué : des images d'Ellie à seize ans, à vingt ans, m'ont assaillie. Quelles Ellie successives avaient existé entre la fillette curieuse de tout que j'avais connue et la femme désaxée qui tournoyait maintenant devant moi ?

Je ne retrouvais rien de familier dans les mouvements de ce corps liquide. Sa tête ballottait comme si elle n'était pas rattachée à ses épaules. Les yeux mi-clos, elle évoluait dans un autre monde. Elle a fait glisser la fermeture d'une botte, puis de l'autre. Les hommes les plus proches de la scène sifflaient ; moi, je ne voyais là rien d'excitant. Elle avait de gros seins, plus gros que les miens ou ceux de Madeline. Peut-être se les était-elle fait refaire. Je l'imaginais dans un cabinet de chirurgie esthétique, le bras encerclé par une grande main masculine. Elle a levé les mains en arceau au-dessus de sa tête, triste imitation d'une figure de ballet apprise quand elle était petite. Elle a dégagé les pieds de ses bottes et s'est mise à tourbillonner sur la scène, pieds nus. De Moby, la musique est passée à Portishead et ses mélodies lentes et basses. La salle semblait électrisée. Ellie a laissé glisser le déshabillé de ses épaules. Du vulgaire nylon, mais sur elle, on aurait dit de la soie. Elle a pris le tissu entre ses doigts et l'a traîné derrière elle, ondoyant dans l'air enfumé. La pièce était surchauffée, protection contre le froid polaire de l'extérieur, rempart contre la solitude des nuits glaciales. Comprenez-moi bien, il y a des tas de clubs de strip-tease à La Nouvelle-Orléans, mais le désespoir absolu qui régnait dans le Mulligan's me faisait peur. Ces hommes fous de désir regardaient Ellie comme s'ils étaient prêts à la dévorer.

Elle a laissé tomber le déshabillé, révélant la minuscule nuisette rouge, et a de nouveau levé les bras ; je l'ai revue à quatre ans dans son tutu rose pâle, une tiare pailletée dans les cheveux.

« Enlève-la, Charlene ! a hurlé un type barbu.

— Ouais, enlève-la ! » a renchéri une voix.

Elle n'a pas paru les entendre. Elle a commencé à tourner lentement, puis de plus en plus vite, jusqu'à ce qu'il soit impossible de distinguer les différentes parties de son corps. Ses cheveux se fondaient avec sa mâchoire, la nuisette s'envolait autour d'elle comme une flamme, on ne distinguait plus ses chevilles. Soudain elle s'est arrêtée, le visage en feu, des mèches de cheveux collées à ses joues. Paupières closes, elle a tendu le bras en avant, paume blanche offerte, comme si elle attendait qu'une main s'y glisse. Sa cage thoracique se soulevait à un rythme saccadé. Les dernières notes de Portishead se sont éteintes et elle est restée immobile dans le silence.

« Charlene ! a hurlé l'homme barbu. Allez, chérie ! »

On n'entendait plus que la mélodie aigrelette de la machine à sous. Ellie a porté la main à son épaule et défait l'un des rubans de la nuisette. Dans la salle, chacun retenait son souffle, aucun verre ne tintait. Elle a tiré sur le nœud du second ruban et la nuisette est tombée.

Je n'ai pu détourner les yeux de cette nudité révélée ; un corps fragile, laiteux, un ventre doux au pubis rasé qui le rendait enfantin, équivoque.

Elle a ouvert les paupières et cligné des yeux, émergeant de son rêve intérieur. Son regard était vide, un peu trouble. Au bout de quelques secondes, elle s'est penchée pour ramasser ses vêtements et a quitté la scène.

Un morceau de ZZ Top a jailli des haut-parleurs et une autre fille s'est avancée sous les projecteurs, une brune énergique, un boa en plumes autour du cou. J'en avais assez vu.

J'ai écarté le rideau rouge. L'éclat des lampes halogènes du restaurant m'a fait tressaillir. J'ai remonté la fermeture de ma doudoune ridicule et enfoncé ma casquette sur les oreilles. Quand je suis sortie le froid m'a saisie, me brûlant les poumons, me faisant monter les larmes aux yeux.

Le ciel était sans étoiles. L'âme à vif, j'ai soudain eu envie de jouer du piano, pour sentir ma tristesse s'envoler du bout de mes doigts. Un air mélancolique est monté dans ma poitrine.

Cela faisait des années que je n'avais pas entendu de musique dans mon corps. Durant toute mon enfance, deux fois par an, on m'avait obligée, engoncée dans des robes de velours, à donner des récitals de piano pour des invités. Mais les notes colorées avaient disparu en même temps qu'Ellie. Avant, il m'arrivait de m'endormir en écoutant ma musique intérieure. Plus tard, j'avais eu beau travailler la composition en matière principale à l'université de La Nouvelle-Orléans, jouant des sonates sans inspiration, répétant avec application, la joie de composer m'avait quittée peu à peu ; il ne m'était resté que la technique. Je pouvais jouer tout ce que l'on me mettait sur le pupitre, mais

lorsque je m'asseyais devant un piano sans parti-
tion, mes doigts couraient maladroitement. Après
la fac, j'avais totalement cessé de jouer.

Mais là, au beau milieu de la rue, j'ai senti un
chant triste m'envahir. Je suis restée sous les
étoiles pâlissantes, essayant de me convaincre que
les larmes qui gelaient à mes cils n'étaient dues
qu'au vent.

5

Sarah avait fini par faire ses bagages et par quitter Bernard, sans laisser de lettre ni lui dire adieu. Mais elle s'était éloignée depuis si longtemps que son départ n'avait plus guère d'importance. Comme elle le lui avait fait remarquer, il était mort le jour où la petite Agnes s'était perdue dans les vagues. Il n'était plus retourné au bord de l'océan, se contentant d'aller pêcher en rivière.

Sarah le traitait de fantôme ambulant qui ne servait à rien ni à personne. On aurait dit qu'il refusait de s'en sortir. Il se raccrochait à son chagrin, passant ses nuits seul au grenier, à lire des catalogues de pêche et à fabriquer des mouches. Il n'avait plus rien à lui donner, se plaignait-elle. Il ne se souvenait même plus de son nom. Dis mon nom, nom de Dieu! Je m'appelle Sarah, tu m'entends! Sarah!

Il ne pouvait pas le prononcer.

De la fenêtre du premier étage, il la regarda charger ses bagages dans la voiture. Elle emportait la lampe qu'ils avaient achetée aux Bermudes et le guéridon de sa grand-mère. Elle allait et venait entre la maison et la voiture avec les objets dont elle s'imaginait avoir besoin dans sa nouvelle vie. Bernard ne ressentait rien.

Elle sortit en tenant dans ses bras le jeté de lit en patchwork qu'elle avait cousu pour les deux ans d'Agnes, à partir de tee-shirts usés et de petits morceaux de robes et *de chemises. Elle y avait intégré un carré de la couverture de bébé d'Agnes, ainsi qu'un lambeau de flanelle d'un vieux pyjama de Bernard. Il la vit placer la couverture avec soin sur la banquette arrière.*

La lumière filtrait à travers les vitraux de la fenêtre, projetant des dessins colorés sur ses pieds nus. On était probablement un jour de semaine et il devrait probablement aller travailler.

6

J'ai commencé la soirée par un pot-pourri de Cole Porter. On était vendredi ; il y avait plus de monde que d'habitude au Cee Cee's, des ivrognes et des divorcés sortis boire un verre en ville. Un homme et une femme, tirés à quatre épingles, tournoyaient sur la piste, montrant qu'ils avaient pris des leçons de danse. Mes doigts couraient sur les touches et ma voix s'améliorait au fil des heures.

À un moment, j'ai jeté un coup d'œil vers un coin sombre de la salle et vu Ellie et Daven qui me regardaient. Daven lui tenait la main, par-dessus la table.

Après *Let's Do It (Let's Fall in Love)*, j'ai fait une pause. Ma corbeille était pleine de petits billets. Je suis allée aux toilettes. Quand j'en suis sortie, Ellie était là, appuyée contre la glace. « Salut, Caroline.

— Salut. »

Elle a posé la main sur mon bras. « Je peux te parler ? » Je voyais son image derrière moi dans le miroir : nous avions les mêmes yeux, la même bouche. Je me suis souvenue de l'époque où avec Ellie, nous mangions des crêpes à la myrtille, attablées dans la cuisine, de sa façon de lécher la confiture sur ses lèvres.

J'ai sorti un tube de rouge de ma trousse et je me suis regardée dans le miroir : j'avais l'air saoule, mais j'étais bien coiffée, les cheveux remontés, bouclés avec le fer acheté à l'Armée du Salut.

« Voilà, a repris Ellie, je suis un peu à court d'argent ce mois-ci... »

J'ai péniblement avalé ma salive. « Oui ?

— Je me demandais si tu... si je pourrais t'emprunter disons, cent dollars ? Je te les rendrai, promis.

— Tu ne gagnes pas assez au Mulligan's ? »

Elle a baissé les yeux. « C'est-à-dire que... pas ce mois-ci. » Elle mentait mal. « Tu joues très bien du piano, Caroline. Daven aussi aime ce que tu fais.

— Merci, El. »

Elle a plissé les yeux.

« Comment tu m'as appelée ?

— Laisse tomber. Je vais chercher mon portefeuille. »

Plus tard, de retour dans mon appartement, alors que je me brossais les dents, j'ai senti qu'on cherchait à tourner la poignée de la porte de la salle de bains.

« Une minute...

— Désolée », a fait la voix d'Ellie. Je me suis rincé la bouche et j'ai ouvert la porte d'entrée, mais il n'y avait plus personne dans le couloir. J'ai serré les poings et suis allée sonner à la porte de son appartement.

« Qui est-ce ?

— Charlene ? C'est moi, Caroline. »

Elle a entrebâillé la porte. Je voyais seulement ses yeux fiévreux. « Que se passe-t-il ?

— Laisse-moi entrer.

— Non. » Elle a refermé la porte et je suis restée dans le couloir, troublée et frustrée. « C'est moi, ai-je répété. Caroline. » Je n'ai pas eu de réponse.

Pas une seule fois, en rêvant d'Ellie, je ne m'étais imaginé qu'elle serait devenue quelqu'un que je n'avais pas envie de connaître. Il ne m'était pas venu à l'idée que le fait de l'avoir retrouvée aurait assombri mon existence. Je m'étais représenté la version adulte de l'enfant que j'avais connue. Je ne rêvais que de ses lèvres douces sur ma joue, de sa tête posée sur mes genoux, de sa peau soyeuse et des cocktails que nous boirions sur le petit balcon de mon appartement, à La Nouvelle-Orléans.

7

Quelques nuits plus tard, j'ai entendu Daven hurler après Ellie. Je ne comprenais pas les mots, j'entendais seulement sa voix coléreuse. C'était insupportable. Elle avait besoin de moi et je ne savais comment l'aider. J'imaginais Ellie tombant dans mes bras; elle me disait combien je lui avais manqué, combien, elle aussi, avait eu l'impression qu'il lui manquait une partie d'elle-même. Je me demandais ce que j'éprouverais en apprenant où elle avait été pendant tout ce temps.

Finalement, j'ai entendu le pas lourd de Daven qui sortait dans le couloir et entrait dans l'ascenseur. Une fois certaine qu'il était parti, je suis allée frapper à la porte de l'appartement. «Laisse-moi entrer, ai-je dit d'une voix plus assurée que je ne l'étais réellement.

— Fous-moi la paix.

— C'est moi, Ellie! C'est Caroline!»

La porte s'ouvrit lentement. Je voyais les montagnes se découper sur le ciel derrière ses fenêtres. Elle était en peignoir de bain. Son visage était creusé. «Quoi?» a-t-elle dit, et puis elle s'est mise à pleurer et à tituber vers moi.

Je l'ai prise dans mes bras. J'ai murmuré «Ellie»

dans ses cheveux sales. Elle sentait l'aigre. « Ça va aller, mon bébé. Je suis là. »

J'ai senti son corps se détendre. Elle a sangloté contre mon épaule. « Je ne sais pas quoi faire. »

Le moment que j'avais tant attendu était enfin arrivé. Nous pourrions vivre toutes les deux à La Nouvelle-Orléans, comme je le lui avais promis seize ans plus tôt. « Viens à la maison, El. »

Elle s'est détachée de moi avec un regard implorant. « Pourquoi tu m'appelles toujours comme ça ? Arrête de m'appeler comme ça.

— Je suis désolée. Tu ne sais donc pas qui je suis ? » Elle a baissé la tête. Les racines de ses cheveux étaient blondes.

« J'ai besoin de boire quelque chose. » Elle a brusquement relevé la tête. « Allons boire un verre. »

J'ai eu un mauvais pressentiment pendant que je me brossais les cheveux. J'ai glissé mon portefeuille dans mon sac et retrouvé Ellie devant l'ascenseur. Elle avait toujours une mine épouvantable, mais elle s'était habillée : minijupe en jean à ras des fesses et manteau rouge. Elle était jambes nues.

« Tu vas geler.

— Je m'en fous, c'est pas grave. »

Dans la rue, en bas de la tour, elle m'a pris la main. Ses ongles ont griffé ma paume. « Tu as une voiture, non ?

— Oui.

— Va la chercher. »

J'avais peur de la laisser, peur de ne plus la

trouver en revenant. J'ai insisté pour qu'elle vienne avec moi, mais elle a secoué la tête.

« Je serai là. »

Ma voiture était garée près du pont d'Higgins Street. Mes bottes glissaient sur les marches gelées de l'escalier métallique qui descendait au parking. Il faisait très froid et je n'y voyais rien. J'étais à la fois effrayée et excitée. J'avais envie de boire un verre. Plusieurs même. J'étais fatiguée de ma solitude. Ne méritais-je pas une vie plus palpitante ?

Je m'y suis reprise à deux fois pour démarrer la voiture. J'ai soufflé sur mes doigts en attendant qu'elle chauffe, allumé la radio et cherché une station qui diffuse une musique correspondant à mon humeur. Je suis tombée sur Led Zeppelin. J'ai embrayé et roulé jusqu'à Higgins. Comme promis, Ellie m'attendait.

Quand elle a pris place sur le siège, sa minijupe est remontée jusqu'en haut de ses cuisses. Elle a penché la tête et frotté sa joue sur son épaule. « J'ai vraiment envie de m'amuser. J'emmerde Daven, tu sais. »

Je ne savais pas, mais j'ai hoché la tête.

Elle m'a fait signe d'obliquer à droite, dans Broadway. À la sortie de la ville, les lumières se sont raréfiées. Finalement, elle m'a montré un bar qui s'appelait Le Bout de la Piste. Il y avait quelques camions déglingués sur le parking. J'ai garé le Wagoneer contre un talus de neige et j'ai coupé le moteur.

« Nous y sommes, a dit Ellie.

— Au Bout de la Piste ! » ai-je ajouté aussi gaiement que j'ai pu.

Ellie a ouvert la porte d'un coup de pied et déroulé ses longues jambes dans le froid glacial. Elle est partie la première vers le bar, une salle sombre avec, sur la droite, un juke-box et une rangée de machines à sous et, sur la gauche, un bar tout en longueur. Quelques clients étaient attablés au comptoir, dont un gars aux cheveux gras avec une balafre sur la joue. Ellie a souri au barman, un type trapu à la moustache hérissée. Il a hoché la tête avec circonspection. « Salut, Charlene.

— Ken, je te présente ma copine Caroline. » J'ai fait un salut de la tête. « C'est elle qui paie », a ajouté Ellie.

J'ai levé mon porte-monnaie.

« Qu'est-ce que je vous sers ? »

Ellie a commandé un whisky sec, et moi un avec des glaçons. Le barman a sorti la bouteille de sous le comptoir et a rempli deux verres à moitié. On s'est assises sur des tabourets et on a bu.

« Je peux avoir des cigarettes ? » m'a demandé Ellie. Je lui ai donné des pièces. Elle s'est dirigée vers le distributeur, a choisi un paquet et s'est penchée bien en avant pour le prendre. Le type balafré a apprécié le spectacle.

Nous avons allumé une cigarette. L'alcool me chauffait les joues et l'estomac ; nous avons commandé un autre whisky. « Daven est un sale con », a commencé Ellie.

J'ai opiné.

« Il ne me laisse aller nulle part, il garde mon argent…

— Est-ce qu'il... est-ce qu'il te bat ?

— Nan... , a-t-elle répondu sans conviction, en haussant les épaules. Je veux seulement mon argent, tu comprends ? Mais le problème, c'est que je l'aime. Je l'aime vraiment. Et quand on aime quelqu'un, qu'est-ce qu'on peut faire ? »

J'ai bu une grande gorgée de whisky. C'était là une question à laquelle je ne pouvais répondre. La vérité, c'est que je n'avais jamais aimé personne, en dehors des membres de ma famille. Ce constat m'a paru soudain pathétique et j'ai regretté de ne pas avoir saisi davantage d'occasions. Du coup, j'ai regardé tout autour de moi, dans l'espoir de rattraper le temps perdu.

« Si tu allais chercher des Cocas, on pourrait juste acheter le whisky et préparer nos verres », m'a suggéré Ellie.

Ken a hoché la tête. « Ça vous coûterait moins cher. »

Je leur ai dit que c'était une bonne idée et je suis allée jusqu'à la station-service au bout de la rue pour acheter un pack de six canettes. À mon retour, j'ai trouvé un type assis au bar à côté d'Ellie : Daven. Il m'a détaillée des pieds à la tête, moi et mes canettes ; j'ai pensé qu'il allait me dire de dégager, mais il m'a adressé un sourire troublant. « Prenons une table, mesdames. »

Nous nous sommes installés à une table branlante dans un coin de la salle. Daven est allé chercher une bouteille de Jim Beam et l'a posée au milieu de la table, avec trois verres graisseux. Ellie a pris les canettes et nous a servis, en mélangeant le Coca à de grandes rasades de whisky. J'ai bu et j'ai commencé à me sentir légère. J'étais contente de me trouver dans la pénombre d'un bar du Montana. C'était peut-être là ma vraie place. Au fond, il n'était guère différent du Bobby's.

Ellie a commencé à nous parler d'un type qu'elle avait baisé (c'est comme ça qu'elle nous a présenté la chose). Aujourd'hui, elle était pâle et maigre, mais tandis qu'elle nous racontait comment elle avait séduit le père d'un de ses copains, je voyais bien qu'elle avait dû être très attirante, quand elle avait de beaux cheveux et un visage rond et sain. Daven l'écoutait avec un demi-sourire, le menton posé dans le creux de la main. Sous son physique déglingué, il devinait son ancienne séduction. Elle racontait cette histoire pour le blesser, mais visiblement, lui, ça l'excitait. Je n'ai pas cherché à comprendre pourquoi. Il me suffisait de boire pour ne plus me faire de souci, alors j'ai bu, en fumant cigarette sur cigarette.

Et puis Daven nous a parlé d'Ohio, le chien qu'il avait quand il était petit, qui s'était fait renverser par une voiture. Il racontait bien et l'on sentait que le souvenir de la découverte de Ohio mort le hantait encore. Ellie s'est souvenue qu'à sept ans, elle aussi avait eu un chien, Boule de Neige, dont son père s'était débarrassé en le perdant dans un bois le jour où il s'était attaqué aux meubles du salon. Elle avait cherché Boule de Neige pendant des mois, errant dans les bois autour de leur maison, dans le Maine.

Boule de Neige ? Le Maine ? Mais qu'est-ce qu'elle racontait ? J'ai fini mon verre d'un seul trait et je me suis levée en chancelant. « Qui veut danser ? » ai-je bredouillé.

Ils ont éclaté de rire et Daven m'a prise dans ses bras. Du juke-box montait *Sexual Healing* de Barry White. Le corps de Daven sentait fort et j'ai enfoui mon visage dans sa chemise. Ellie nous a rejoints. Elle m'a tendu un verre plein. Le whisky avait le goût de l'eau et descendait tout seul.

8

Du bureau de
AGNES FOWLER

Cher Johan,

Bon, je ne sais trop que dire. En rentrant chez moi, j'ai trouvé sur ma porte un avis de passage pour un colis FedEx. J'avais eu une étrange journée (je vous en dirai davantage après) et je me demandais avec appréhension ce que j'allais recevoir – n'ayant rien commandé. (Encore que j'aie failli commander – un soir très tard – un Pot de Pâtes Étonnantes. Il suffit de verser l'eau bouillante sur les trous du couvercle ! Ingénieux, non ? Mais je me suis retenue.)

J'ai appelé FedEx et on m'a répondu qu'un livreur n'allait pas tarder. Je me suis fait du thé et j'ai attendu. Après deux tasses d'Earl Grey, je me suis servi un verre d'Old Crow, le whisky préféré de mon père. C'était un jour étrange, comme je viens de vous le dire ; j'ai ouvert mon porte-monnaie et j'en ai sorti le bout de papier.

Mais laissez-moi vous raconter l'histoire.

Ce matin, un grand étudiant blond est venu à mon bureau, un gobelet en métal à la main. Il l'a posé sur le comptoir pour pouvoir remplir sa fiche de recherche. Je lui ai crié : «Vous avez besoin d'aide ? » J'étais à l'autre bout de la salle, en train de manger discrètement une viennoiserie à la framboise. Il avait l'air embarrassé pour remplir sa fiche. J'ai léché le sucre sur mes doigts en soupirant.

« Sur la première ligne, vous mettez le titre du volume », ai-je dit d'un ton qui se voulait patient. Il s'est mis à écrire. « Sur la seconde, le nom de l'auteur. » Il a hoché la tête et bu une gorgée de son gobelet. Entre-temps j'étais revenue à mon bureau. Il cherchait un livre intitulé *L'Utilisation des fractales dans l'analyse sédimentaire*. Quèsaco ?

« Sur la dernière ligne, vous mettez votre nom, votre numéro de téléphone et votre adresse e-mail », ai-je conclu en souriant. Il a levé la tête, plissé les yeux et m'a observée un long moment. « Là, sur la dernière ligne, ai-je insisté.

— C'est incroyable ce que vous ressemblez à la fille sur la photo, m'a-t-il dit.

— Je vous demande pardon ?

— La photo punaisée au Charley B's. »

Le Charley B's est un bar du centre-ville. « Mais de quoi parlez-vous ?

— Laissez tomber », m'a-t-il dit en me tendant sa fiche. Il a tourné les talons et quitté le bureau. Au dos de son tee-shirt, il y avait écrit : « On peut toujours louper un examen, mais jamais une bonne soirée ! »

J'ai trouvé ça curieux. J'ai pris sa fiche et j'ai fini par trouver le titre qu'il demandait à la bibliothèque de l'université de l'Oregon. Mon étudiant blond aurait son livre d'ici à vendredi. La journée a passé lentement ; je ne cessais de repenser à ce qu'il m'avait dit. À trois heures, nous avons eu une réunion d'équipe, qui n'en finissait plus. Un homme moustachu nous a fait écrire une liste d'adjectifs qualifiant chacun de nos collègues de travail. À mon sujet, les autres ont écrit « amicale », « ponctuelle », « une vraie pro ». Incroyable ! Les gens ne sentent donc pas mon mystère intérieur ?

Après la réunion, j'ai pris le chemin de ma maison et en route, j'ai fait un détour par le Charley B's. Ne me demandez pas pourquoi. J'ai garé la voiture et je suis entrée dans le bar. Comme je m'y attendais, il était bruyant et enfumé. Je suis restée une bonne minute sur le seuil, à regarder les gens boire. Et puis j'ai aperçu le panneau d'affichage. Je me suis rapprochée et j'ai examiné la photo, un agrandissement au-dessus duquel était écrit « Recherche Ellie, portée disparue » et, en dessous, « si vous avez la moindre information, contactez l'hôtel Thunderbird, chambre 400 ». Mon cerveau s'est engourdi, exactement comme le font mes doigts quand, ayant oublié mes gants, je suis obligée de courir du parking jusqu'à la bibliothèque. Anesthésiée, attendant le réveil de la douleur qui allait suivre.

J'ai détaché la punaise qui retenait la photocopie sur le panneau. Le juke-box jouait *My Way* de Frank Sinatra. Je sentais les relents de bière et l'odeur des hamburgers. J'ai plié la feuille en quatre et l'ai glissée dans la poche de mon manteau, que je n'avais pas déboutonné.

La barmaid (peut-on dire la barman, si c'est une

femme ?) me regardait. J'ai touché la feuille de papier dans ma poche et je suis partie.

En attendant le coursier, j'ai ressorti la feuille. Je ne savais que penser. Sur la photo, c'était moi, Johan. Je vous ai déjà parlé de cette photo, prise au rodéo d'Arlee. Mais qui diable était Ellie ?

Le coursier – une femme aux cheveux permanentés – s'est présenté à ma porte avec un volumineux paquet. Johan, il venait de vous ! J'ai signé l'accusé de réception et j'ai porté le colis dans le salon. Mes doigts tremblaient quand je l'ai ouvert. Quelle journée !

Votre lampe solaire est tout simplement merveilleuse. Elle paraît un peu démesurée, mais j'espère que, comme le promet le mode d'emploi, elle élèvera mon taux de sérotonine et me rendra très vite plus heureuse. C'est très gentil à vous, Johan, même si ce n'est pas un cadeau très romantique. J'aimerais me sentir plus heureuse, Johan, car à cette minute, tout ce que je ressens, c'est de la peur.

Bien à vous,

Agnes

9

Je me suis réveillée nue dans mon lit, pleine d'un regret que je ne savais expliquer, avec une douleur aiguë derrière les yeux. Je me suis mise à pleurer, sans savoir pourquoi.

Je me suis couvert le visage. Des bribes de souvenirs me revenaient : j'étais agenouillée par terre, une langue s'enfonçait dans ma bouche. Qu'avais-je fait, avant de sombrer dans mes rêves agités ?

J'ai entendu le téléphone sonner dans le couloir. J'avais peur de sortir. Avais-je fait du mal à Ellie ? Avais-je couché avec quelqu'un ? J'étais courbatue ; je n'aurais pas pu dire ce qui était arrivé à mon corps. Le téléphone continuait de sonner. J'ai fini par enfiler ma robe de chambre. On n'entendait que ce téléphone dans l'immeuble silencieux. J'ai décroché. « Caro ? Caroline ? » C'était la voix de Ron.

« Oui ?

— Le bébé est né hier soir. Une petite fille, prématurée. Elle a seulement vingt-sept semaines.

— Oh, mon Dieu. »

Ron a soupiré. « Maddy est fatiguée. Elle te réclame.

— Et le bébé ? Il va...

— On ne sait pas, Caroline. On ne sait rien. Elle est tellement petite… »

Il y a eu un silence. J'entendais la respiration de Ron au bout du fil.

« Je crois… enfin, j'ai l'impression que ce serait bien que tu rentres.

— Ron, je n'en sais rien. »

Il n'a pas dit un mot. Je ne l'ai plus entendu respirer et puis il y a eu un déclic. Il avait raccroché.

Je suis retournée me coucher et j'ai glissé dans mon rêve : je roule vers l'école dans l'Oldsmobile de mes parents. Cette fois, Ellie m'attend ; elle court vers la voiture et monte à l'avant. Nous prenons la I-95 et roulons vers le sud, vers La Nouvelle-Orléans. « Merci », me dit Ellie, avec ses grands yeux confiants. Son visage est éclairé par les phares des voitures venant en sens inverse. « Merci de m'avoir sauvée. » Je me tourne vers elle, mais elle se transforme en poussière dans mes bras.

Madeline, pendant tout ce temps, est assise sur la banquette arrière.

Le téléphone s'est remis à sonner dans le couloir. Je suis allée répondre. « Allô, Ron ?

— Olivia ? a fait une voix masculine, plus âgée, fatiguée.

— Non, désolée.

— C'est toi, mon trésor ? a renchéri une voix de femme, proche de l'hystérie.

— Non, c'est Caroline.

— Qui ?

— Caroline. Je m'appelle Caroline.

— Où est notre fille ? a demandé la femme.

— Écoutez, nous savons qu'elle est là. Nous avons retrouvé son numéro de téléphone. Allez la chercher, nom de Dieu.

— Mais je...

— Olivia ! a hurlé la femme. Où est Olivia ?

— Je l'ignore.

— Où êtes-vous ? a repris l'homme, d'une voix à la fois coléreuse et effrayée.

— Dans le couloir.

— Nous venons chercher notre fille ! a crié la femme avant d'éclater en sanglots.

— Il est où, ce téléphone ? a demandé l'homme, furieux. Nous finirons bien par le trouver nous-mêmes, mademoiselle, vous le savez.

— Tour Wilma, Missoula, Montana.

— Nom de Dieu ! Missoula, dans ce putain de Montana.

— Où est Olivia ? a crié la femme.

— Dites à notre fille que nous serons là demain matin. Dites-lui de ne pas bouger.

— Je ne sais pas si... » La ligne a été coupée. J'ai entendu une porte s'ouvrir et j'ai levé la tête : Ellie se tenait dans l'embrasure de sa porte, en caleçon et soutien-gorge douteux. Ses yeux étincelaient ; son visage était ravagé. Elle avait un gros hématome au bras droit. « Salut », m'a-t-elle dit.

J'ai compris que c'était fini. J'avais devant moi Olivia.

« Tes parents viennent te chercher.

— Qu'est-ce que tu racontes ? »

Je l'ai regardée sans dire un mot.

246

« Va te faire foutre ! » a-t-elle hurlé en agitant ses poings serrés.

J'ai failli m'avancer vers elle, l'emmener chez moi pour l'aider à descendre de la dope ou des cachetons qu'elle avait pris, failli lui chanter une berceuse pour l'endormir, jusqu'à l'arrivée de ses parents. Mais je ne l'ai pas fait. Quelque chose en moi avait changé.

Je lui ai tourné le dos. J'ai décroché le téléphone, composé le numéro de ma sœur. Je suis tombée sur le répondeur et j'ai laissé un message : « Je rentre. »

J'ai fait mes valises, très vite. Je me suis rendu compte que je pouvais laisser la robe, les poufs en Skaï, les affiches « Portée disparue », la cafetière et la photographie floue du rodéo d'Arlee. Il me restait une sœur, que j'avais négligée pendant trop longtemps.

10

Bernard aperçut Isabelle dans le parc Forsyth et la reconnut aussitôt à sa démarche alanguie.

Il cria son nom et elle se retourna.

Son visage était marqué, mais elle n'avait pas changé. Elle portait les cheveux courts et un ensemble jaune qui soulignait sa minceur. « Bernard ? Oh, mon Dieu !

— *Que fais-tu à Savannah ? » Il n'ajouta pas :* Pourquoi ne m'as-tu pas appelé ?

« Ma mère, dit-elle simplement, en portant sa main à son cou.

— *Je suis au courant. Désolé. »*

Elle secoua la tête. « Elle a eu une longue et belle vie. Et tes parents ?

— *Morts, tous les deux. »*

Ils demeurèrent un moment silencieux. En ce mois de mars, les azalées étaient en fleur. Les rayons du soleil traversaient le feuillage des chênes ; les touristes déambulaient autour des maisons coloniales délabrées en prenant des photos. « Ça fait combien de temps, nous deux ? demanda-t-elle.

— *Plus de vingt ans. »*

Elle rit. « Difficile à croire, hein ? Tu sais, j'ai deux filles. Caroline a neuf ans et Madeline, sept. »

Bernard baissa la tête, sans rien dire. « T'es-tu marié ? demanda Isabelle. Oui, évidemment.

— Nous avons divorcé.

— Oh. » Elle fit un pas vers lui.

« Pourquoi ne viens-tu pas chez moi ? Nous prendrons le thé. »

Elle ne réfléchit qu'un bref instant avant d'acquiescer. Ils marchèrent vers Jones Street, montèrent l'escalier. Elle s'assit tout près de lui sur le canapé et lui parla de l'échec de son mariage, de son époux alcoolique. « J'ai peut-être commis une erreur, en te quittant, murmura-t-elle. J'aurais peut-être dû t'épouser. »

Après trois tasses de thé, la moitié d'un paquet de cookies, du fromage au piment étalé sur des biscottes et une bouteille de sherry, leurs lèvres se retrouvèrent.

11

Du bureau de
AGNES FOWLER

Cher Johan,

J'avais cinq ans quand ma mère est morte. Je garde quelques souvenirs d'elle : ses bras tièdes autour de moi, sa façon de fredonner en me brossant les cheveux. Je préfère ne pas penser au passé, ça me rend patraque. La vie est déjà assez difficile comme ça, vous ne trouvez pas ? La lampe solaire ne doit pas agir comme prévu.

Donc, quand j'avais cinq ans, ma mère est morte ; mon père et moi nous sommes retrouvés dans une chambre d'hôtel. Je me souviens d'avoir enfoui mon visage dans un oreiller pour pleurer. Mon père m'a coupé les cheveux à ras et je sens encore le froid des ciseaux sur ma nuque. Quand j'y repense, je ne peux plus respirer. Mon père m'a dit que j'étais bouleversée par la mort de ma mère et que je devais me calmer. J'étais la lumière de sa vie, vous l'ai-je déjà dit ? Moi qui étais tout pour lui, pourquoi voulais-je lui faire de la peine, à lui qui m'avait tout donné ? Calme-toi, ma petite Agnes, tu sais que je t'aime tant.

Johan, j'écris si vite que j'ai mal à la main.

Pardonnez les éraflures sur le papier, mais il faut que je sorte tout ce que j'ai sur le cœur. J'avais les cheveux coupés court, comme un garçon. Il m'a emmenée à l'aéroport. Le vol pour le Montana avait du retard. Je voulais aller aux toilettes, mais il m'en a empêchée. Nous sommes restés dans un coin, loin des portes. Je regardais les avions décoller et atterrir. Ils fonçaient sur la piste et s'élevaient dans les airs. Mon père se tenait debout derrière moi, les mains sur mes épaules ; j'avais envie de faire pipi. Qu'est-ce que je faisais là, dans cet aéroport, à regarder des avions monter dans le ciel et disparaître dans les nuages ?

Dans l'avion, il m'a laissée aller aux toilettes. Je me suis regardée dans la glace. J'ai touché mes cheveux courts. Je ressemblais à un garçon, mais je m'appelais Agnes Fowler. J'étais la lumière de la vie de mon père.

Nous sommes arrivés dans la maison, au Montana, et j'ai découvert ma chambre : un petit lit recouvert d'un dessus-de-lit en patchwork et une étagère remplie de livres. Je n'avais pas de vêtements ; mon père m'a emmenée à l'Armée du Salut et m'en a acheté une pleine armoire. Le manteau et les chemises avaient l'odeur d'autres enfants, pas la mienne. Il m'a dit qu'il avait déjà donné toutes les affaires de ma mère. Il ne restait qu'un collier de perles, qu'il gardait dans le premier tiroir de sa commode.

Sur son bureau et sur ma table de chevet, il y avait une photo de ma mère ; elle était belle, cette jeune femme aux cheveux blonds, dont les épaules se dissolvaient dans la brume. Je la reconnaissais.

La nuit, j'entendais les grenouilles. J'embrassais le portrait.

Mon père travaillait dans un dépôt de bois de construction. Le soir, après son travail, il rentrait directement à la maison. J'avais son amour pour moi toute seule. Plus tard, quand j'ai grandi, j'aurais bien aimé qu'il se trouve une petite amie, comme ça j'aurais pu sortir avec un copain, ou aller au cinéma. Mais il disait que j'étais tout ce qu'il désirait sur terre. C'était bon d'être aimée autant. Il s'inquiétait si j'avais une heure de retard. Quand je rentrais du lycée, il me serrait dans ses bras, à m'étouffer.

Johan, j'aimerais venir vous voir en Alaska. Je ne vais pas très bien et je pense qu'un changement de décor serait exactement ce qu'il me faut. Je commence à me sentir à l'étroit chez moi ; avant, je passais des heures le soir à lire ou à faire des mots-croisés, mais en ce moment j'ai l'impression que quelqu'un m'épie par la fenêtre. Bien sûr, c'est faux. Ne vous méprenez pas, Johan, je ne suis pas folle ! Je pense seulement que mars en Alaska doit valoir le déplacement. Fait-il jour tout le temps, à cette époque de l'année ?

Donnez-moi votre avis. J'ai cherché des vols sur Internet : le billet pour Anchorage n'est pas trop cher. Skagway est-il loin d'Anchorage ? Peut-on prendre l'avion jusqu'à Skagway ?

Je dois vous avouer qu'*a priori*, le nom de Skagway ne m'a pas enthousiasmée. À l'entendre, on dirait un mot d'argot pour qualifier une cigarette de marijuana. Mais maintenant, je m'y suis habituée. Enfin, donnez-moi quand même votre avis.

Je ne veux pas vous précipiter, mais comme je viens de le dire, j'ai bien besoin de faire une pause.

Oh, encore une chose : je suis allée à l'hôtel Thunderbird et j'ai demandé la chambre 400. Autant tirer l'affaire au clair tout de suite, plutôt que de me poser en vain des questions. Figurez-vous que la chambre, une suite nuptiale, était vacante. Elle avait été occupée récemment, mais la personne était partie.

Le réceptionniste, que tout le monde appelle Elvis (surnom inutilement flatteur, à mon avis) m'a donné le nom de la cliente : Caroline Winters. Pourquoi une dénommée Caroline Winters me rechercherait-elle ? J'ai senti que quelque chose ne tournait pas rond. C'est pour cela que je veux venir vous voir, Johan, et pas à cause de ma maison ou des mots-croisés. J'espère que vous arrivez à déchiffrer mon écriture. Ma main tremble un peu.

Attendez, je reviens.

Avez-vous déjà bu un « hot toddy » ? C'est absolument délicieux. Un jour, je vous y ferai goûter. Non ! Je vous donne la recette. Vous pouvez le préparer tout de suite si vous voulez, pourquoi pas ? Ce serait romantique. Allez vous préparer un hot toddy, et reprenons ensuite.

Tout d'abord, faites bouillir de l'eau. Ensuite, versez une cuillère de sucre dans une grande tasse, avec un peu d'eau chaude, pour le dissoudre. Puis ajoutez une rasade (ou deux) de whisky ou de scotch (l'Old Crow est parfait) et remplissez la tasse d'eau bouillante. Saupoudrez de muscade fraîchement râpée.

Buvez une longue gorgée.

Bon. J'ai l'impression d'être dans une autre vie. Comme s'il existait un autre moi. J'ai lu un article sur un scientifique qui vit dans un fauteuil roulant et étudie les phènomènes astronomiques tels que les trous noirs (je ne suis pas sûre d'avoir écrit phènomènes correctement). Il pense qu'au fil du temps, nos vies se scindent en une multitude d'autres vies. Par exemple, l'autre jour, en passant en voiture devant la Société protectrice des animaux, j'ai failli m'arrêter pour prendre un chien. Ce serait bien d'avoir un chien qui dépose le journal à mes pieds ! Mais j'ai continué ma route vers l'épicerie fine d'Orange Street.

Selon la théorie de cet astrophysicien condamné à vivre dans une chaise roulante (d'après l'article, c'est un chaud lapin qui trompe une épouse patiente et dévouée avec une infirmière à gros seins), selon sa théorie, donc, dès que j'ai décidé de ne pas entrer à la Société protectrice des animaux, mon existence s'est divisée. Dans l'une de mes vies, j'ai pris un chien sympathique et plein de poils – un saint-bernard, pourquoi pas – que j'ai ramené à la maison, sans m'arrêter à l'épicerie. (Qui sait ce que j'ai mangé ce soir-là ! Peut-être du riz.) En d'autres termes, j'ai plusieurs vies, mais je ne suis consciente que de celle dans laquelle je suis seule, en train de boire un hot toddy en vous écrivant.

Enfin, passons. Voilà ce qui m'est arrivé après qu'Elvis le réceptionniste m'a eu donné le nom de Caroline Winters : je suis allée au Cyber Café d'Higgins Street et j'ai payé une demi-heure de navigation. Je suis allée sur Google et j'ai tapé

«Caroline Winters». Après avoir cliqué sur plusieurs sites sans intérêt, je suis tombée sur un avis de décès paru dans le *Holt Record*, un journal de l'État de New York. Il parlait du décès de la mère de Caroline Winters, une femme nommée Isabelle Winters, qui avait perdu la vie dans un accident de voiture le jour de l'An. Elle laissait deux filles, Caroline et Madeline.

Il me restait un dollar. J'ai imprimé l'avis de décès et je l'ai rapporté à la maison. Faites-vous un autre hot toddy, Johan, car c'est là que ça coince. Sur l'avis de décès du *Holt Record*, il y avait une grande photo d'Isabelle Winters. Je me suis assise dans le fauteuil de mon père et j'ai fixé la photo. Johan, je regrette de ne pas avoir de chien. Je crois que je deviens folle. J'ai donc fixé la photo, je l'ai déjà dit, non? C'était la même, Johan, la même que celle posée sur ma table de chevet et sur le bureau de mon père. La femme au collier de perles. Ma mère. Elle s'appelait Isabelle Winters, et elle est morte.

A.

12

J'ai trouvé Ron au troisième étage de l'hôpital de Mount Sinai, aux soins intensifs de l'unité de néonatologie, observant une minuscule créature rose dans une boîte en verre. Il lui a fallu longtemps pour s'apercevoir de ma présence. « Elle est belle, non ? a-t-il murmuré. Ou c'est moi qui suis gâteux ? »

J'ai regardé cette petite crevette, avec sa tête trop grosse. Sa peau fripée avait une drôle de couleur rouge. Des tuyaux et des fils serpentaient autour de son corps. Elle avait une petite touffe de cheveux blonds. L'émotion m'a submergée ; je mourais d'envie de la bercer. J'en ai eu la respiration coupée. « Elle est très belle, Ron.

— Elle s'appelle Isabelle.

— Comme maman. »

Il s'est tourné vers moi. Ses yeux étaient cernés. « Elle est née presque trois mois avant terme. Il se pourrait qu'elle ne...

— N'écoute pas ce qu'on te dit. »

Madeline dormait lorsque nous nous sommes approchés de son lit, mais elle a ouvert les yeux quand j'ai effleuré son bras. « Oh, tu es là... », a-t-elle dit, l'air surprise. J'ai eu le cœur serré en pensant à toutes les fois où je l'avais laissée tomber.

« Je suis là. »

Elle a exhalé un long soupir. « Isabelle, comme maman. »

J'ai souri. Ma sœur m'a paru si fragile dans ce lit métallique. Ses yeux étaient clairs, ses cheveux emmêlés, son visage tout gonflé. « C'était dur ? lui ai-je demandé.

— Oh, mon Dieu… » Elle s'est mise à pleurer. « Je pense qu'elle ne… » Je l'ai coupée. « Madeline, tu as fait du beau travail. Isabelle est là et elle va s'en sortir. Nous allons l'emmener à la maison et nous la coucherons dans le berceau de mamie. »

Elle a souri, mais a secoué la tête. « Tu es la seule à croire aux miracles, Caroline. »

J'ai bu un café à la cafétéria avec Ron. « Alors, où est l'autre sœur ? m'a-t-il demandé d'un ton pincé.

— Ce n'était pas elle, ai-je répondu, acceptant enfin la réalité.

— Désolé. »

J'ai soupiré. « Il est temps de la laisser tranquille. » Ron n'a pas demandé si je parlais de Madeline ou d'Ellie. Il n'a pas répondu.

« Allons voir Isabelle », lui ai-je proposé. Il a hoché la tête.

Dans la boîte en verre – j'ai appris plus tard que cela s'appelait un incubateur – ma nièce luttait pour respirer.

« Caroline, il faut que je te dise… J'ai été licencié.

— Désolée, Ron. »

Il a secoué la tête. « Je ne sais pas comment je vais subvenir à leurs besoins. J'ai pris des risques en investissant de façon stupide. Je suis vraiment un connard. » Mais je voyais bien la manière dont il regardait sa petite fille. Je savais qu'il se faisait du souci pour ma sœur, qu'il l'aimait. Il s'inquiétait pour l'avenir, maintenant, et il me demandait de rester pour l'aider.

J'ai répondu. « Non, Ron, tu n'es pas un connard. »

13

Madeline est rentrée chez elle quelques jours plus tard, sans la petite Isabelle, qui devait rester à l'hôpital. On la nourrissait à la sonde, avec le lait de sa mère.

J'adorais ma nièce. Elle contrôlait mal ses petits membres, qui gigotaient dans tous les sens. Je m'émerveillais de la voir respirer. Nous avons commencé à l'appeler « Bella » ou « La Crevette ». La nuit, je dormais sur le grand canapé de Ron et Madeline. Je passais mes matinées à l'hôpital et l'après-midi, je me promenais dans les rues de New York, en fumant, me laissant gagner par le dynamisme de la ville.

Un matin, l'infirmière nous a annoncé que nous pouvions procéder à la toilette d'Isabelle, si nous le désirions. Madeline m'a regardée. « Pourquoi pas ? ai-je répondu.

— Bon, pourquoi pas ? » Elle paraissait complètement épuisée. Ron, debout devant la couveuse, a fait un pas en arrière. Il avait peur, lui aussi.

L'infirmière, une femme bronzée prénommée Renée, a entortillé une compresse humide autour de deux cotons-tiges avant de la tendre à Madeline. « Passez les bras dans les manchons », lui a-t-elle expliqué. Madeline a tendu les mains vers sa fille endormie sur le ventre. « Vous n'avez qu'à glisser la compresse sur elle, a poursuivi l'infirmière.

— Et si je lui fais mal ? »

J'ai posé la main sur son épaule. « Tu es sa mère. » Mes mots ont paru la calmer. Elle a respiré un bon coup et a passé la compresse sur la peau d'Isabelle. « Il fait chaud là-dedans », a-t-elle remarqué.

L'infirmière n'a rien dit.

Madeline a lavé sa fille tout en chuchotant une berceuse.

L'infirmière a demandé à Ron s'il voulait prendre le relais. Il respirait difficilement. « Je crois que pour cette fois, je vais passer mon tour », a-t-il répondu.

Quand Madeline a eu fini la toilette du dos, l'infirmière lui a expliqué qu'elle allait retourner Isabelle. « Mais je dois d'abord débrancher l'oxygène. »

Dès que le système de ventilation a été débranché, l'indice de saturation d'oxygène a chuté très vite et l'oxymètre s'est mis à sonner. « Ne vous inquiétez pas », nous a rassurés l'infirmière. Elle a introduit ses bras dans la couveuse, pris le petit corps mou dont les membres paraissaient désarticulés, l'a retourné et a rebranché la ventilation. La sonnerie s'est arrêtée et l'indice de saturation est remonté. Madeline s'est tournée vers moi.

« Oh, non, ai-je bredouillé. Je… je regarde, c'est tout. » Madeline n'a pas bronché. L'infirmière a tendu les cotons-tiges.

J'étais pétrifiée. Je ne voulais pas entrer mes bras dans la couveuse. J'ai commencé à bégayer.

« S'il te plaît », m'a dit Madeline.

Je suis restée là, devant cette sœur qui ne m'avait pratiquement jamais rien demandé. Le bébé, sur le dos à présent, avec sa tête si grosse, son corps si fragile, me regardait aussi ; mais je ne pouvais pas le faire.

« Bon, eh bien, je vais terminer sa toilette », a dit l'infirmière. Madeline s'est tournée vers Ron, qui l'a prise dans ses bras. Je voyais au tressautement de ses épaules qu'elle pleurait sans bruit. J'ai essayé de croiser le regard de Ron, mais il caressait les cheveux de ma sœur, les yeux baissés.

Cet après-midi-là, je suis passée devant un magasin de pianos Steinway. Le hall d'exposition était immense, impressionnant ; après une légère hésitation, je suis entrée. Une femme aux cheveux coiffés en chignon, assise derrière le bureau, lisait, le nez chaussé de petites lunettes. Elle les a ôtées d'un geste élégant et m'a souri. « Puis-je vous aider ?

— Oh, je regarde, c'est tout.

— Ne vous gênez pas, si vous voulez jouer », m'a-t-elle dit, avant de rechausser ses lunettes pour poursuivre sa lecture. J'ai apprécié le fait qu'elle me laisse seule. Dans l'arrière-salle, les pianos luisaient. Je me suis installée devant un demi-queue en acajou amoureusement restauré et j'ai laissé mes doigts courir sur les touches. J'ai pensé à *Rhapsody in Blue*, à *La Sonate au clair de lune*, à la *Lettre à Élise*, mais aucune de leurs notes ne venait dans ma tête. J'avais les mots, mais pas la musique. Je l'avais perdue quelque part entre le Montana et New York.

« Êtes-vous pianiste ? » La femme se tenait à mes côtés. Ses lunettes pendaient à son cou, retenues par une chaîne dorée. Elle portait une robe bleu canard, aux plis amples et soyeux.

« Non, ai-je répondu. Pas vraiment. Plus maintenant. »

Elle a désigné le demi-queue. « Voulez-vous l'entendre ?

— Oui. » Je me suis levée pour lui céder la place. Elle a serré et desserré les mains, étiré ses doigts et s'est mise à jouer la première *Gymnopédie* d'Erik Satie. La mélodie a empli la pièce. J'ai fermé les yeux.

Le morceau terminé, j'ai mis un moment à rouvrir les yeux ; la femme me regardait d'un air préoccupé. « Tout va bien ? m'a-t-elle demandé.

— Oui, ça va », ai-je répondu avec brusquerie. Je suis partie très vite. Une fois dans la rue, j'ai allumé une cigarette. J'avais envie de boire, de rencontrer un inconnu sexy et de passer l'après-midi au lit avec lui. Je voyais sans cesse le visage de la petite Isabelle qui me regardait, derrière sa cage vitrée.

Je me suis retrouvée dans un train en partance pour Holt. J'avais acheté une bière fraîche, pour le voyage. Les villes de ma jeunesse défilaient à toute allure : New Rochelle, Mamaroneck, Harrison. Je m'efforçais de ne penser à rien, et pourtant j'avais matière à réfléchir. Par exemple, qu'est-ce que je faisais de ma vie ? J'habitais chez ma sœur, je portais ses vêtements, je n'avais pas de travail, mon appartement de La Nouvelle-Orléans devait être infesté de cafards et je n'étais même pas capable de laver ma nièce avec un coton-tige.

À la gare de Holt, j'ai laissé ma canette vide dans le wagon et je suis descendue sur le quai. Il faisait beau. Le jean de Madeline me moulait un peu, mais pas trop. Son petit cardigan Agnès B. était adorable. J'ai allumé une cigarette et pris la direction du Liquor Barn.

La boutique avait la même odeur que dans mon souvenir : poussière et carton. Je me suis avancée entre des piles de cartons d'emballage contenant des bouteilles de vin. Sur certains, des étiquettes manuscrites mentionnaient : « La sélection de L'Amateur de Vin : 9.99 $! Le casier en promotion : 6 $. » Quand j'étais petite, je n'arrivais même pas à la hauteur des étiquettes. Je restais au fond du magasin, à côté du distributeur de boules de chewing-gum, pendant que mon père s'approvisionnait. Il prenait à l'entrée un panier en plastique rouge et y empilait bouteilles de vin et de scotch. Parfois, quand j'allais dormir chez des copines, j'inspectais le contenu du placard à alcools, pour voir si leur père aussi vidait une bouteille de scotch par nuit.

Une voix m'a brusquement tirée de ma rêverie. « Je peux vous aider ? m'a demandé un petit bonhomme, portant un gilet à losanges.

— Euh... Est-ce qu'Anthony est là ?

— Non.

— Bon, tant pis.

— Vous vouliez... » Devant mon silence, l'homme a ajouté : « ... acheter un alcool ?

— Oui, une bonne bouteille pour un dîner romantique.

— Je vous conseille le merlot Ravenswood. Il est délicieux.

— D'accord, j'en prends une.

— Merveilleux. »

Ça paraissait vraiment merveilleux. Moi, une fille normale qui achetait une bouteille de vin pour un dîner en tête à tête. J'ai décidé de la rapporter chez Ron et Madeline pour qu'ils en profitent tranquillement tous les deux. Pendant ce temps, j'irais au cinéma, ou au musée.

« Vous ne voulez pas laisser un message pour Anthony ? m'a demandé l'homme en encaissant l'argent.

— Il doit repasser aujourd'hui ?

— Bien sûr. Il est seulement allé chez Laura », a-t-il précisé en glissant la bouteille dans un sachet de papier. Laura ? J'ai décidé que c'était une relation platonique.

« Vous pouvez lui laisser un message.

— Non, non, pas la peine. »

J'ai mangé un cône de crème glacée au Baskin-Robbins, fumé deux cigarettes et suis retournée à la gare, en balançant mon sachet. Je me sentais guillerette. En repassant devant le Liquor Barn, j'ai jeté un coup d'œil à l'intérieur : pas d'Anthony en vue. Je devais bientôt reprendre mon train pour New York.

Comme je tournais le coin de la rue, j'ai entendu une voix m'appeler. Je me suis retournée et, dans l'allée derrière le magasin, j'ai aperçu Anthony. « Il me semblait bien t'avoir reconnue », a-t-il crié. Il s'est approché, essuyant ses mains mouillées sur son pantalon. « Qu'est-ce que tu fais à Holt ?

— Oh… c'est une longue histoire.

— Ah bon ? » J'ai hoché la tête. Il a hoché la tête. C'était mal parti.

« Je vais prendre mon train, ai-je dit en montrant la direction de la gare avec ma bouteille de vin.

— Comment ça ?

— J'habite à New York en ce moment.

— Bon. Eh bien, ça m'a fait plaisir de te voir, a repris Anthony d'un ton mélancolique. Au fait, je suis désolé pour ta mère. »

J'ai soupiré. Il y a eu un silence, et puis j'ai ajouté : « J'oublie qu'elle n'est plus là. Je crois toujours qu'elle est à la maison. » Ma voix s'est brisée. « Je n'arrête pas de décrocher le téléphone pour l'appeler. » Nous sommes restés là, dans le froid. « Tu viens boire une bière ? ai-je proposé.

— Oui, d'accord. »

Nous avons marché jusqu'au Holt Grill. Après quatre bières, nous avons décidé d'aller dîner. Anthony était quelqu'un à qui l'on pouvait se confier facilement. Je lui ai tout raconté. Nous avons parlé, bu de la bière et nous sommes allés chez lui. Nous avons bu le merlot, et puis du cognac. Nous avons ri. Je n'avais pas ri depuis si longtemps. Il a pris sa guitare, moi, j'ai chanté ; nous sommes tombés dans son lit et avons mis les draps sens dessus dessous.

14

Du bureau de
AGNES FOWLER

Cher Johan,
Voulez-vous savoir ce que j'ai ressenti en entendant votre voix au téléphone? J'aurais pu l'écouter toute la nuit. Votre bonté transparaissait clairement au bout du fil. Je ne peux pas croire que l'on vous surnomme Boum Boum. Maintenant je peux vous dire pourquoi je vous ai choisi parmi tous les candidats de AlaskaBeauxGarçons. Ils étaient tous photographiés à côté d'un camion ou d'un chien. Vous seul, mon cher Boum Boum, étiez avec un chat.

Dès que j'aurai terminé cette lettre, je vais commencer à préparer ma valise. J'emporte une robe habillée, comme vous me l'avez demandé, des bottes chaudes, un manteau et le bonnet de fourrure que j'ai acheté au Bon Marché. Et un maillot de bain, aussi, bien que l'idée me paraisse un peu ridicule. Un maillot de bain en Alaska! Votre Jacuzzi a intérêt à être brûlant, c'est moi qui vous le dis!

J'emporte quelques surprises pour vous, et des chocolats. Je me doute que vous avez du chocolat à Skagway, mais peut-être pas les chocolats Godiva que l'on trouve au Bon Marché.

J'ai quelque chose à vous avouer, Johan. Vous aviez raison d'être jaloux de Snappy. Au téléphone, je vous ai dit que vous vous faisiez des idées, mais je préfère que notre relation débute sur de bonnes bases. Le fait est qu'après la séance de photos sexy, Snappy est venu à la bibliothèque, et pas pour chercher un livre. Il voulait m'inviter au bal annuel du club de l'Élan. J'avais très envie de trouver une occasion de porter le collier de perles de ma mère ; pourtant j'ai décliné l'invitation. Peut-être y a-t-il un bal annuel des manipulateurs d'explosifs ?

Au fait, ma chef, Frances, a plutôt bien accueilli ma demande de congé. Je ne lui ai pas dit que j'allais retrouver un Beau Garçon en Alaska, seulement que j'allais rendre visite à ma famille. J'espère que vous ne vous affolerez pas en lisant cela, Johan, mais je n'ai pas eu le sentiment de mentir. Aurais-je dû écrire cette phrase ? Peut-être pas, mais bon, au diable les regrets.

Vous pourriez dire que je jette mon bonnet par-dessus les moulins ! Mon père me répétait que nous étions seuls au monde. Quand je lui demandais pourquoi nous n'avions aucune photo des membres de notre famille, des tantes, des cousins, il me disait de me taire et m'enfermait dans ma chambre. Je n'ai jamais vu de photo de moi bébé.

Lorsqu'il est revenu de sa partie de pêche, ce jour-là, il m'a expliqué que ma mère était morte dans un incendie, qu'il ne restait rien d'elle. Nous étions seuls désormais, lui, mon père qui m'adorait, et moi, à Missoula, dans une maison de Daly Avenue, avec une armoire remplie de vêtements de l'Armée du Salut. Je me souviens du froid des ciseaux sur mon cou dans cette chambre d'hôtel. Je me souviens de moi dans un avion ; j'étais terrifiée. Je n'ai jamais imaginé mon histoire différemment. Il m'a raconté une histoire et je l'ai cru. Avais-je un autre choix ?

Ai-je un autre choix ?

Je veux m'inventer une nouvelle histoire, et recommencer ma vie. Je vous ai trouvé sur AlaskaBeauxGarçons. com, je vous ai écrit. Je suis bibliothécaire, je fais mes courses au Bon Marché. Je suis le genre de personne à bourrer une valise de vêtements, à mentir à sa chef et à sauter dans un avion, direction le Grand Nord. Je prends des risques. Je vais de l'avant. Mes origines et mon passé embrouillé n'ont pas d'importance. Je repars de zéro quand j'en éprouve le besoin. Je repars de zéro aujourd'hui.

À demain,

Agnes

Dans un magasin d'antiquités de Bull Street, Bernard dénicha la montre idéale : fine, en or, avec des chiffres allongés. L'antiquaire lui confirma qu'elle était très ancienne et qu'elle marchait à la perfection. Isabelle devrait la remonter chaque matin, en pensant à lui. Peut-être la remonterait-il lui-même, en lisant le Savannah Morning News, *pendant qu'elle dormirait encore à l'étage. Ils prendraient l'ancienne chambre de ses parents. Il avait perdu une bonne partie de leur héritage, mais avec Isabelle à ses côtés, il remettrait ses affaires en ordre. Il avait fait graver au dos de la montre quelques mots et la date.*

Ils avaient rendez-vous à sept heures au restaurant Olde Pink House, sur Abercorn. Bernard, arrivé en avance, commanda un Martini. Il lissa la nappe blanche.

Il lui avait dit qu'il était venu à Holt pour affaires, mais il mentait. Ses affaires ne marchaient guère, depuis que son père n'était plus là pour l'épauler. Il était venu pour la séduire et il y était parvenu. Il l'avait invitée à dîner puis l'avait emmenée dans sa chambre d'hôtel, à l'Algonquin. La chair d'Isabelle était consentante ; elle sentait toujours le caramel.

Ça ne tournait plus rond dans sa tête, disait son ex-femme. Sarah, ses avocats, et leurs ordonnances de non-conciliation. Il regardait trop longtemps les petites filles, disait-elle. Comme si se promener près d'une école était un délit !

Il avait proposé à Isabelle de revenir vivre à Savannah, imaginant leur vie ensemble. Il ne lui était pas venu à l'idée qu'elle dirait oui.

À sept heures et quart, il commanda des crevettes sautées au jambon et une boisson. Le serveur, Henri, un ami, lui apporta le plat fumant et s'apprêta à débarrasser l'assiette vide et les couverts. Bernard l'arrêta d'un geste de la main. « Elle est en retard, mais elle va venir. »

Il planta la fourchette dans une crevette et la porta à ses lèvres. La sauce avait un goût de beurre.

À sept heures et demie, il but un autre Martini et commanda du mérou farci au crabe. Isabelle n'aimerait pas le goût de l'oignon quand elle l'embrasserait. Elle s'était épanchée sur sa vie ratée, enveloppée dans le peignoir de l'hôtel. Il était son ange tombé du ciel, disait-elle. On lui avait offert une autre chance.

À huit heures, Bernard croisa les bras sur sa poitrine et regarda les lustres du plafond. La rage était une sensation nouvelle pour lui. À huit heures et demie, il régla l'addition, glissa sa carte de crédit dans son portefeuille en cuir et laissa un bon pourboire, vingt-cinq pour cent de la note. En sortant du restaurant, il alluma une cigarette.

Une semaine plus tard, il reçut la lettre, écrite sur un papier épais, couleur crème. Elle n'avait écrit que sept mots : Je n'ai pas pu laisser mes filles.

Bernard déchira la feuille en carrés de plus en plus petits, jusqu'à les réduire en confettis, puis les jeta dans le caniveau.

Dans la cuisine d'Anthony, nous avons mangé des tartines grillées, bu du café et pris de l'Advil. Même le lendemain matin, je l'aimais encore. « Tu pourrais peut-être venir dîner, me suis-je surprise à lui proposer.

— Où ça ?

— Chez maman. Je pourrais cuisiner quelque chose. »

Anthony a levé les sourcils. « Toi ? Cuisiner ?

— Je peux toujours essayer ! »

J'ai appelé Madeline de chez ma mère. N'obtenant pas de réponse, j'ai laissé un message. L'appartement me donnait la chair de poule, mais une fois les housses enlevées et les meubles dépoussiérés, il avait meilleure allure. L'agent immobilier l'avait fait visiter à de nombreuses personnes, mais Madeline attendait l'acquéreur qui paierait le prix fort. Après tout, nous n'étions pas pressées.

Madeline m'a rappelée depuis l'hôpital. « Qu'est-ce que tu fais chez maman ?

— C'est une longue histoire. Désolée de ne pas t'avoir prévenue que je ne rentrais pas.

— Ce n'est pas grave.

— Comment va La Crevette ? »

Madeline a soupiré. « Toujours pareil. Je voudrais la sortir de cette boîte et la ramener à la maison.

— Pourquoi ne viendriez-vous pas dîner ce soir ? Je fais la cuisine. Ça vous changerait les idées de sortir un peu.

— Je ne sais pas.

— Eh bien, réfléchis-y.

— Caroline, j'ai pas le moral. Cet avocat, Ken Dowland, m'a rappelée. » Elle a soupiré de nouveau. « Je lui ai dit que j'abandonnais la procédure...

— Tu lui as dit ça ?

— Oui. Après la mort de maman, j'ai perdu mon énergie, je crois. La clôture du dossier ne me paraît plus être la bonne solution. Maman ne voulait pas en entendre parler, tu sais.

— Nous pourrions en discuter ce soir. Venez dîner tous les deux. Tu te souviens d'Anthony, du Liquor Barn ? Il sera là aussi. »

Il y a eu un silence, et puis, heureusement, Madeline s'est mise à rire. « Nous viendrons, promis. Ma sœur qui cuisine pour un garçon, il faut que je voie ça. »

Après avoir raccroché, je me suis assise à la table de la cuisine, submergée par le besoin absolu de parler à ma mère. Ça m'était égal que nous parlions d'Ellie, de la pluie et du beau temps ou de sa boule au fromage. J'avais tant de choses à lui raconter : j'étais peut-être en train de tomber amoureuse d'Anthony, la petite Isabelle avait des cheveux blonds, j'avais

272

eu droit à une suite nuptiale et au champagne à l'hôtel Thunderbird. J'avais besoin qu'elle me dise comment supporter la tristesse, comment préparer un bon dîner. Moi, tout ce que je savais faire, c'était me perdre.

17

Son parfum préféré, c'était menthe pépites de chocolat. Bernard dut s'arrêter dans deux épiceries avant de trouver une boîte de crème glacée à ce parfum. Il la mit dans la glacière, en rajoutant des sachets de glaçons. Il aurait fait n'importe quoi pour voir son sourire.

Leurs cannes à pêche étaient déjà dans le canoë. Ils partirent tôt sur la Bitterroot; la lune était encore pâle au-dessus des montagnes et le ciel commençait à peine à rosir. Ils chantèrent Madame la lune en amorçant les hameçons; elle posa sa tête sur les genoux de Bernard, attendant que le poisson morde.

Au milieu de l'après-midi, il faisait très chaud; leurs bras, déjà bronzés, avaient rougi un peu plus. « Est-ce que ça te brûle?

— Non, répondit-elle. Ça va très bien. »

Il ouvrit la glacière, installa le pique-nique. Ils mangèrent avec lenteur. Pour elle, il avait enlevé la croûte de son sandwich à la viande. Quand il sortit le pot de crème glacée, tel un prestidigitateur, elle poussa un petit cri ravi. Ils mangèrent à même le pot, avec deux petites cuillères jetables; leurs doigts étaient tout poisseux.

Soudain il sentit une touche; il lui tendit sa ligne et la regarda mouliner. Les pieds bien plantés dans le sol, elle tira sur le fil, muscles bandés. Sur ses cheveux retenus par un élastique, elle portait l'une des casquettes de Bernard, qui faisait ressortir un peu ses oreilles.

« Je vais le perdre, je le sens ! hurla-t-elle, en grimaçant exagérément.

— Tu peux y arriver. » Il n'alla pas l'aider, se contentant de surveiller ses gestes.

« Ah ! » cria-t-elle en moulinant avec frénésie, mais le poisson était trop gros. Elle sortit de l'eau un fil cassé. Des larmes de rage jaillirent de ses yeux et elle les essuya avec son poing, en jurant.

« Hé, lui dit Bernard, une autre occasion se présente toujours. » Il la prit par les épaules et la regarda droit dans les yeux. Elle cilla, un tout petit peu. « Agnes, répéta-t-il, une occasion se présente toujours d'obtenir ce que l'on mérite. »

18

Je sais cuisiner trois choses : les cookies aux pépites de chocolat, les macaronis au fromage et les gombos. J'ai appris à accommoder les gombos quand Winnie a gagné un cours de cuisine gratuit à l'académie culinaire de La Nouvelle-Orléans. Elle m'avait proposé de l'accompagner. Nous avons pris une journée de congé, bu des bloody mary au bar The Columns et assisté au cours en pleine forme. Pendant que Slim, notre formateur, préparait une grosse poêlée de gombos, nous sirotions des Dixies en le draguant outrageusement. Après le dîner, nous l'avons entraîné au Bobby's Bar, où Carole lui a appris sa façon de faire cuire les poissons-chats (c'était mercredi, jour du poisson frit).

De la cuisine de ma mère, j'ai appelé Winnie. « Je vais faire un gombo, pour mon bel Italien.

— Ça alors ! À propos, tu sais où est Slim ?

— Aucune idée. Écoute, il faudrait que tu me donnes la recette.

— Tu t'imagines que je l'ai gardée ?

— Tu peux la chercher ? »

Winnie a poussé un soupir théâtral. « Je te rappelle dans dix minutes. » Je me suis fait du café et j'ai attendu, en tortillant le cordon du téléphone autour de mon doigt. J'ai ajouté une cuillère de sucre dans mon café.

Évidemment, Winnie avait perdu la recette. « Mais j'ai gardé le numéro de Slim! claironnat-elle. Il était dans mon portefeuille. Je l'ai appelé et j'ai eu ta recette de gombo. »

Je l'ai notée, et après Winnie m'a parlé de son nouveau travail dans un restaurant snob du Faubourg Marigny. « Il s'appelle Bleu. Tout est bleu. Ils servent des Martinis bleus, de la bière bleue. J'ai rien contre la nouveauté, mais franchement, la bière bleue, ça passe pas. » Elle m'a ensuite donné des nouvelles de Peggy, qui essayait toujours de se faire une place dans le monde des mannequins, tout en travaillant dans une boutique de dessous sexy. « Elle vend des petites culottes à ses copines.

— Les supermannequins?

— Tout juste.

— Génial! Tu es allée dans sa boutique?

— Ben, voyons. J'ai acheté un string violet. »

J'ai secoué la tête. « Tu crois qu'ils auraient besoin d'une pianiste dans ton restaurant bleu?

— Tu veux dire que tu rentres à la maison? Il serait temps.

— Je ne sais pas encore. » J'ai commencé à lui parler de la petite Isabelle et d'Anthony.

« Mon petit doigt me dit que tu vas rester à New York encore un bon moment. La famille, c'est la famille.

— Je crois, oui.

— Et l'amour, c'est l'amour, nom de Dieu!

— Comme tu dis.

— Je viendrai peut-être te voir, a repris Winnie.

J'ai toujours rêvé de croquer dans la Grosse Pomme.

— Ça me ferait plaisir.

— Au fait, mon chou, tu as renoncé à chercher ton autre sœur ? »

J'ai soupiré. « Ou bien elle est morte, ou bien elle ne veut pas être retrouvée. Au fond, ça revient au même. Je veux dire, ce n'est pas à moi de la sauver.

— Oui, il faut penser à toi d'abord.

— Je crois.

— Bon, garde-moi un peu de gombo, hein ?

— Promis. » Quand j'ai raccroché, je me suis sentie seule, comme si quelque chose était fini.

J'ai pris la liste de Winnie et enfourché la bicyclette de ma mère pour aller à l'épicerie. Ils n'avaient que des gombos surgelés et des tomates en conserve. J'ai glissé une boîte de préservatifs dans mon panier.

En rentrant, j'ai mis de la musique et attaqué mon gombo : j'ai décortiqué les crevettes, découpé les blancs de poulet en dés, tranché les saucisses, émincé les oignons, les poivrons et pressé l'ail. La cuisine n'a pas tardé à embaumer. Pendant que je m'affairais, des notes de musique sont venues dans ma tête et, laissant le gombo mijoter, je me suis assise au piano.

Au fil des années, ma mère avait transformé le dessus du piano en simple table, couverte de photos encadrées de nous, enfants. Après la disparition d'Ellie, personne n'a plus pris de photos, comme si celles-ci ne capteraient désormais que le grand vide laissé par ma petite sœur.

J'ai soulevé le couvercle du clavier et laissé courir mes doigts sur les touches. Finalement, j'ai joué l'air qui trottait dans ma tête. Une mélodie triste, qui avait besoin d'être travaillée ; j'ai décidé d'aller acheter dès le lendemain du papier à musique. Lorsque je me suis arrêtée, la tête me tournait ; je me suis aperçue que j'avais retenu ma respiration.

J'ai pris une douche et je me suis frottée avec énergie ; ensuite j'ai utilisé le sèche-cheveux et la brosse de ma mère et mis son rouge à lèvres. Dans sa glace, j'avais l'air heureuse. Elle aurait été fière de moi, ou du moins de ma coiffure.

Je n'ai pas pu m'empêcher d'ouvrir son secrétaire. Les dossiers de ses recherches inabouties étaient là où je les avais laissés, bien empilés. J'ai ouvert celui du dessus. Il y avait une lettre de Betty, la tante de ma mère : *Isabelle chérie, nous avons tous eu le cœur brisé en apprenant la disparition de ta petite Ellie. Je ne peux pas croire que cela fait déjà un an. Sache que si j'entends parler de quoi que ce soit, je te contacterai immédiatement. Inutile de me le rappeler, ma chérie. Bernard voyage toujours en Europe ; la dernière fois que j'ai eu de ses nouvelles, il avait téléphoné à sa mère d'une île grecque. Le divorce de Kim est maintenant prononcé. La pauvre n'a pas pu garder la maison et a dû déménager avec les garçons dans un appartement sur Thunderbolt. Pourquoi ne viens-tu pas nous voir avec tes filles ? Tu sais que tu es toujours la bienvenue à Vernon View — et cela me ferait plaisir d'avoir de la visite.*

J'ai sorti la lettre suivante : *Isabelle, je pense*

chaque jour à ta fille disparue. Je prie pour que tu la retrouves ; sache que je serai toujours sur la brèche. J'espère que tu profites du printemps à Holt ; ici, il fait très chaud. Tu sais que je t'aime, XX00. La lettre n'était pas signée, mais venait manifestement d'une vieille amie ou d'une parente de ma mère.

J'ai failli m'asseoir par terre pour lire toutes les lettres, mais Anthony, Madeline et Ron n'allaient pas tarder à arriver. Je devais mettre la table et finir de préparer le repas. J'ai senti que ma mère guidait ma main pour faire ce dont elle n'avait jamais été capable, au cours de ses longues nuits d'insomnie, seule dans son appartement. J'ai pris sa grande corbeille à papier, recouverte d'un tissu imprimé de bateaux à voile et j'y ai jeté les dossiers.

19

Du bureau de
AGNES FOWLER

Cher Johan,
Voilà, je ne suis pas à l'aéroport de Skagway, comme vous avez dû le remarquer. J'aurais dû arriver il y a dix minutes et nous devrions être en route pour votre restaurant préféré, celui où l'on sert les meilleurs steaks de tout l'Alaska. Une bouteille de vin nous attendrait, ou des chopes de bière. Peut-être seriez-vous déjà en train de m'embrasser.

J'espère que vous comprendrez que cette lettre n'est pas un adieu. Je n'ai pas changé d'avis en ce qui vous concerne, à l'aéroport de Seattle. Je vais écrire tout ça, pour que cette histoire prenne sens.

Le vol de Missoula à Seattle s'est déroulé sans incident ; l'hôtesse de l'air, un peu chichiteuse, m'a donné un gobelet rempli de glaçons vaguement arrosés de ginger ale, au lieu de verser toute la canette. En décollant de Missoula, que j'ai toujours considérée comme ma ville natale, j'ai découvert par le hublot un paysage époustouflant.

Avez-vous entendu parler de Cynthia Ann

Parker? J'ai lu son histoire dans un manuel scolaire. Cynthia était la fille d'un couple de colons texans. À l'âge de neuf ans, elle a été enlevée par des Comanches, lors d'une attaque de leur campement. Ils l'ont élevée à l'indienne et quand, vingt-cinq ans plus tard, sa famille l'a enfin retrouvée, elle était mariée à un homme de la tribu et mère de trois enfants. Elle n'a pas voulu retourner dans le monde des Blancs. On l'y a forcée, et elle s'est laissée mourir de faim. Dans le manuel, on présente son histoire comme celle, triomphante, d'une femme qui savait à quel monde elle appartenait. Moi, son histoire me brise le cœur. Il était trop tard, voyez-vous, pour que Cynthia Ann Parker puisse changer le cours de son existence. Mais il n'est pas trop tard pour moi.

À l'aéroport de Seattle, j'ai commandé un café au nom compliqué, Mocha Frappucino. Délicieux! Au moment où je vérifiais l'heure du départ pour Anchorage, mon regard est tombé sur le vol New York/La Guardia.

Finalement, c'est assez facile de retrouver quelqu'un : j'ai marché jusqu'à un téléphone à pièces rutilant et j'ai demandé au service des renseignements l'adresse et le numéro de téléphone de la famille Winters, à Holt, État de New York. J'ai noté tout ça avec ce stylo, celui dont je me sers pour vous écrire, au dos d'un reçu de l'épicerie fine d'Orange Street (muffins ; lait écrémé ; viennoiserie à la framboise ; jus d'orange ; mozzarella ; chips à la cannelle.)

282

Et voilà. J'avais une adresse, toute simple. Je me suis dit que je pourrais prendre un taxi de l'aéroport pour me rendre à cette adresse et voir ce qui m'attendait, si tant est que quelque chose m'y attendait.

Johan, je vous promets de venir vous voir. Je veux simplement en savoir un peu plus sur mon passé, avant de penser à mon avenir. Les lumières de l'avion viennent de se mettre en veilleuse, mon voisin s'est enveloppé dans la couverture carrée de la compagnie aérienne. Il respire lentement. Peut-être est-il déjà endormi. Le film qui passe, *Just Married (ou presque)*, ne me paraît pas valoir les quatre dollars que l'on vous fait payer pour les écouteurs. (Scandaleux, si vous voulez mon avis !) J'ai commandé une petite bouteille de vin blanc, et je la déguste en regardant le ciel.

J'ai le sentiment de me trouver dans le bon avion. Je crois que je vais dans la bonne direction, bien que je sois morte de peur. Dieu seul sait où je vais atterrir, à survoler tout le pays.

Johan, je crois que parfois il faut savoir prendre le taureau par les cornes. Ce n'était pas si difficile, finalement, de m'approcher du comptoir de la compagnie aérienne, de regarder l'hôtesse dans les yeux et d'articuler : La Guardia.

Agnes

20

À sept heures, le téléphone a sonné et Mitchell, le gardien, m'a annoncé depuis sa guérite : « Anthony Sorrento pour vous, miss Winters. »

Anthony est arrivé avec un bouquet de fleurs sauvages et une bouteille de vin. Dès que je les ai prises, il m'a enveloppée dans ses bras et m'a serrée très fort.

« Je finis de préparer le dîner, ai-je bredouillé, troublée, quand il m'a libérée.

— Je vais t'aider. » Mais au lieu de se diriger vers la cuisine, il m'a de nouveau attirée contre lui. Je suis restée là bien au chaud, en sécurité.

Nous avons enveloppé le pain au levain tout chaud dans une serviette et mis du beurre dans un beurrier. J'ai disposé sur la table l'argenterie de ma mère, même le chandelier, qu'Anthony a sorti du vaisselier. « Ta mère recevait beaucoup, a-t-il expliqué, un peu gêné. Parfois je venais plus tôt pour l'aider à tout installer. »

Quand Madeline et Ron sont arrivés, le gombo était prêt. Comme la baie vitrée coulissante de la cuisine donnait sur un balcon surplombant l'allée, j'ai vu leur voiture s'arrêter. Mitchell, dans sa guérite, les avait laissés passer sans m'avertir.

En ouvrant la porte, j'ai pris Madeline dans mes

bras. Elle a répondu à mon étreinte un peu à contrecœur. « Tu es resplendissante », m'a-t-elle dit. Je l'ai embrassée sur la joue et l'ai conduite jusqu'à la salle à manger.

Anthony m'a relayée à la cuisine, pour remplir des grandes jattes de gombo et de riz. J'ai versé du vin dans les verres et me suis assise à côté de ma sœur. « C'est lui qui a fait la cuisine ? m'a-t-elle demandé d'un ton réprobateur.

— Non, il m'a juste donné un coup de main. Comment va Isabelle ?

— Un peu mieux, peut-être. Je ne sais pas. Son état est stable. Elle grandit.

— Elle est étonnante. »

Le visage de Madeline s'est éclairé. J'ai retrouvé la petite fille qu'elle avait été, quêtant toujours mon approbation. J'ai posé ma main sur la sienne.

« Écoute, si tu veux, je reste ici, si tu as besoin de moi. » Madeline a fixé sa serviette. J'ai bu une gorgée de vin. Je sentais l'irritation me gagner. Devant le silence de ma sœur, j'ai failli retirer mes paroles, lui dire que j'avais des quantités d'endroits où aller et nul besoin de traîner dans les parages pour l'aider. J'ai fait un gros effort pour me contrôler.

« Caroline, a-t-elle dit enfin, j'ai vraiment besoin de toi. J'aurai besoin de toi. Merci. »

J'ai pris sa main et je l'ai embrassée.

Pendant le dîner, Anthony nous a appris que le magasin de spiritueux ne marchait pas très bien. « Les gens achètent l'alcool au Sam's Club ou au Costco. Les petites boutiques à l'ancienne sont dépassées. » Il a enfourné une grande cuillerée de gombo. « J'ai bien quelques idées, mais à l'école, on ne vous apprend pas à tenir le magasin de votre père.

— As-tu fait une école de commerce ? » lui a demandé Ron.

Anthony a secoué la tête. « Non, une école hôtelière. J'espère toujours ouvrir un restaurant un jour.

— Si seulement j'avais su ce que je voulais faire, ai-je soupiré.

— Pourquoi ne pas te remettre au piano ? » a suggéré Madeline.

Anthony a eu l'air étonné.

« Caroline jouait du piano. Elle a été admise à la Juilliard School.

— Je l'ignorais.

— Tu étais si douée, a dit Madeline. J'aurais tellement voulu être douée pour la musique. Tu te souviens de ma flûte ? »

Je me suis mise à rire. Nuit et jour, Madeline s'appliquait à la flûte, sans jamais parvenir à maîtriser *Frère Jacques*.

« Notre vie n'était pas aussi épouvantable que tu le penses, Caroline. On a eu de bons moments. » Ma sœur ne s'adressait qu'à moi. Ron et Anthony semblaient un peu mal à l'aise.

« C'est ce que j'essaie de me dire. »

Madeline a souri. « Je sais.

— Moi, je voulais jouer de la batterie, est intervenu Anthony.

— Et moi, du violon », a renchéri Ron.

Madeline a éclaté de rire. « Première nouvelle !

— J'étais tellement mauvais, a repris Ron, que

286

le professeur de musique m'a supplié de ne pas toucher les cordes, pour le récital de Noël. Je suis resté là, à bouger mon archet, sans toucher les cordes. Ma mère était aux anges, mais moi, je me sentais complètement nul. »

Nous avons mangé, discuté et la soirée s'est écoulée tranquillement. Anthony a demandé à voir des photos de la petite Isabelle. Madeline les a prises dans son sac. Je suis allée dans la cuisine sortir les cookies du four. Au passage, j'ai effleuré l'épaule d'Anthony et il a couvert ma main avec la sienne. J'ai vu Madeline et Ron échanger un regard entendu.

Comme je disposais les cookies sur un plat, le téléphone a sonné. La pendule marquait dix heures et demie. J'ai décroché le combiné. C'était Mitchell. « Il y a une dame dans un taxi qui demande à vous voir.

— Pardon ? »

Je l'ai entendu parler à quelqu'un, puis il a repris : « Agnes Fowler demande à vous voir, miss Winters. »

J'avais la bouche sèche. Ma langue pesait comme une pierre. J'ai dit d'accord et j'ai raccroché. J'ai poussé la baie vitrée et suis sortie sur le petit balcon.

La nuit était sombre et brumeuse, mais la lumière du porche éclairait une partie de l'allée et de la pelouse. Le taxi s'est arrêté au pied de l'immeuble.

Une femme en est descendue et a levé son visage vers moi.

« Caroline, je crois qu'il y a quelqu'un ! » a crié

Madeline, depuis la salle à manger, d'une voix égayée par le vin.

L'air sentait le sel et j'entendais au loin le bruit du ressac. J'ai plissé les yeux pour apercevoir la femme qui s'avançait dans la brume. Un collier de perles scintillait à son cou. Pendant un bref – très bref instant – j'ai cru voir ma mère.

La brise jouait sur mon visage. J'ai agrippé la rambarde du balcon. « La porte est ouverte », ai-je murmuré. Enfin.

REMERCIEMENTS

Merci, Kate Cantrill, Emily Hovland, Juli Berwald, Wendy Wrangham, Jill Marquis, Ellen Sussman, Anne Ursu, Michelle Tessler, Pilar Queen, Joe Veltre, Michael Carlisle, Clare Conville, Clare Smith, David Pointdexter, Anika Streitfeld. Merci à la famille Meckel, à Laura Barrow, à Sarah McKay, à Liza Ward et à mes très chers Tip et Ash, qui m'ont écoutée lire ce livre à voix haute tout au long du chemin du Maine en Géorgie.

Achevé d'imprimer par N.I.I.A.G.
en avril 2007
pour le compte de France Loisirs, Paris

N° d'éditeur : 48370
Dépôt légal : Mai 2007

Imprimé en Italie